그들 곁으로

곁을 향한
발걸음으로
삶을 잇다

그들
곁으로

임회숙 소설

산지니

차례

햇살 한 줌

좁은 틈으로 빛이 들기 시작하더니 어둑했던 실내가 환해졌다. 환해진 실내는 먼지로 자욱했다. 빛을 받은 먼지는 매캐하고 알싸한 냄새를 풍기며 코안을 간지럽혔다. 그러자 호흡이 흐트러지면서 눈물이 핑 돌았다. 곧이어 엇박자를 내던 들숨이 한 번의 날숨으로 쏟아져 나왔다. 목구멍을 강타한 바람 덩어리가 몸 밖으로 나가는 순간 '에취' 하는 소리가 목젖을 벗어나 허공으로 사라졌다. 그리고 그 순간 나의 눈은 어김없이 감겼다. 재채기가 나는 순간에 눈이 감긴다는 사실을 알게 된 것은 일곱 살 무렵이었다.

동생과 나는 동네에서 가장 높은 담벼락을 기어 내려가기 위해 담벼락 끝에 서 있었다. 동네 아이들의 부러움을 받으며 담벼락에 서 있던 그때 우리는 스파이더맨이 되었음을 의심하지 않았다. 머리에 뒤집어쓴 빨간 스타킹과 양손에 감긴 테이프만으로도 우리는 스파이더맨이 되기에 충분했다. 그런 우리를 바라보는 아이들의 시선이라니! 동생과 나의 가슴은 부풀었다. 건물 외벽을 이리저리 옮겨 다니는 스파이더맨처럼 담벼락을 기어 내려가기 위해 동생과 나는 담벼락 상단에 매달렸다. 그러자 운동화 바닥에 감긴 테이프가 벽면의 먼지를 쓸어내렸다. 담벼락 아래 모여 있던 아이들 사이에서 탄성이 터져 나왔다. 운동화 바닥을 벽면에 붙인 채 손을 차례로 떼어 내던 순간 나의 몸은 벽면 아래로 빠르게 떨어졌다. 그리고 함성인지 괴성인지 모를 소리가 들리는가 싶더니 이내 정적이 찾아왔다.

동생과 내가 담벼락에 오른 것은 공사장에서 다리를 다친 채 돌아온 아버지 때문이었다. 아버지가 깁스한 다리를 이끌며 집으로 돌아오던 날, 엄마는 돼지뼈의 핏물을 빼며 눈물을 흘렸다. 돼지뼈가 솥에서 고아지고 있을 때 동생과 나는 아버지가 스파이더맨처럼 어디든 자유롭게 다닐 수 있다면 얼마나 좋을까 생각했다. 그럴 수 있다면 엄마가 돼지뼈의 핏물을 씻으며 우는 모습도, 아버지가 깁스한 다리로 출근하는 모습도 보지 않을 수 있을 것 같아서였다. 동생 진수가 어디선가 붉은 스타킹을 가져왔을 때 우리는 소리 없이 웃었다. 하늘색 체육복 바지에 붉은 스타킹을 머리에 쓴 동생과 나는 순식간에 동네 아이들에게 둘러싸였다. 아이들은 동생과 나의 두 손과 양발에 테이프를 감아주며 꼭 스파이더맨이 되어 주길 바랐다.

그러나 바닥에 널브러진 채 재채기를 쏟아내며 눈을 떴을 때 아이들은 내 얼굴에 씌워진 스타킹을 벗겨내느라 정신이 없었다. 아이 중 누군가는 골목 언덕을 뛰어 내려갔고 또 누군가는 나를 일으켜 세우려 노력 중이었다. 일어나라 현수야, 일어나라고! 아이들이 내 몸을 잡고 풀썩이자 또다시 재채기가 몰려왔다. 콧속이 간질거려 견딜 수가 없었다. 눈물이 핑 돌고 들숨이 제멋대로 들이켜지더니 날숨이 거세게 쏟아지면서 두 눈이 질끈 감겼다. 곧이어 개운함이 발가락 끝까지 전해졌고 온몸이 부르르 떨렸다. 그리고 나를 내려다보는 아이들과 담벼락이 순식간에 사라졌다 다시 눈앞에 나타났다.

빛이 스미는 틈을 넓히면 작은 창을 낼 수 있을 것

같았다. 벽을 헐고 창을 내자고 한 것은 나였다. 김 소장은 머리통도 들어가지 않는 곳에 창을 어떻게 내 겠다는 거냐며 고개를 흔들었다. 좁긴 해도 불가능한 일은 아니라는 내 말에 김 소장은 어림없는 소리 그 만하라며 손사래를 쳤다. 김 소장의 반대는 중요하지 않았다. 어차피 천장을 헐고 창을 내는 것은 내 일이 될 테니 말이다. 예상대로 창을 내기 위해 지붕과 바 닥 사이에 머리를 밀어 넣고 작업을 한 것은 나였다. 앉을 수도, 고개를 곧추세울 수도 없는 좁은 공간에 서 진행해야 하는 작업은 몸피가 작은 내 몫이었다. 니 일당을 왜 주겠노? 좁은 틈에 끼어 앉아 못을 박 거나 지붕 틈에 철근을 조일 때면 웅얼거리는 아버지 목소리가 들리곤 했다.

"진짜로 다데구를 칠라고."

이 반장이었다. 사다리 틈새로 올려다보는 그의 목 언저리는 붉었다. 이맛살을 찌푸린 반장의 후두돌기 가 살가죽 위로 돋았다 가라앉았다. 목을 비튼 채 한 동안 나를 올려다보던 이 반장은 침을 뱉고는 시야에 서 사라졌다. 아버지와 함께 십장이 된 이 반장은 아 버지와 달리 여전히 이 바닥 터줏대감으로 자리를 지 키고 있었다.

"김 소장은 네가 책임지라."

이 반장의 쉰 목소리가 멀어졌다. 그는 천장을 헐었으니 소장이 더는 반대할 수 없을 거란 걸 알 터였다. 하지만 책임 주체를 분명히 하는 것을 잊지 않았다. 노가다 밥이 몇 년인데, 능구렁이지. 아버지는 이 반장을 능구렁이라 칭했지만 그의 처세를 인정했다.

이 반장 말처럼 창을 달 수 있게 됐다. 그런데 창 크기가 문제였다. 워낙 작은 창이라 기성 제품을 가져다 쓸 수는 없었다. 가로세로 40cm 크기의 창을 제작해 주겠다는 곳을 찾기란 쉽지 않았다. 어쩔 수 없이 유리만 끼워 넣어야 할 것 같았다. 유리를 끼워 넣을 벽체 주변을 다듬기 위해 절단기 전원을 켰다.

"기어이!"

김 소장의 새된 목소리에 절단기를 껐다. 사다리에서 내려서자 소장의 핏발 선 눈이 나를 내려다봤다. 작업 시작을 기다리던 일꾼들은 소장 눈치를 보며 각자 연장을 챙기기 시작했다.

"김 소장 그만해라, 어데 하루이틀 일이가…!"

이 반장은 고개를 저으며 싱크대 설치가 한창인 부엌으로 사라졌다.

"현수야, 손바닥만 한 창이 뭐라고 고집이고! 너거

아버지가 안 그라니까, 니가 그라나!"

소장의 불만은 늘 같은 패턴을 보였다. 내 고집을 들먹이다 아버지 고집으로 넘어갔고 결국 욕 한두 마디로 끝나는 식이었다. 주절거리는 소장을 피해 끌을 주워 들고 다시 사다리로 올라섰다. 헐어낸 천장으로 스며든 햇살은 소장이 서 있는 발치를 향해 직선으로 뻗어 내렸다.

아버지와 내가 처음 천창 작업을 했던 날을 기억한다. 그날 아버지는 웃통을 벗어 던진 채 창틀 작업 중이었다. 그 모습을 지켜보던 이 반장은 고개를 저으며 물러났고 김 소장은 목에 핏대를 올리며 욕설을 퍼부었다. 천창은 집주인과 약속되지 않은 공사였다. 소장은 지붕을 새로 얹어야 한다며 그 비용은 아버지 일당으로 충당하겠다고 으름장을 놓았다. 소장이 날뛰는 것과 상관없이 아버지는 실내로 쏟아져 들어오는 해를 받으며 묵묵히 작업을 이어갈 뿐이었다. 햇살은 먼지와 함께 아버지 몸을 비췄다. 허공을 부유하는 먼지와 햇살은 적당히 어울려 아버지 등 근육 주위를 떠돌았다. 공사 중인 집 지붕을 절개해 창을 넣은 것은 아버지와 나였다. 작업자들보다 두어 시간

일찍 출근해 작업을 진행했고 사흘째 되는 날 천창이 완성된 거였다.

공사 중이던 집의 지붕 일부를 걷어 내고 창을 넣기로 한 것은 공사 중인 집 앞에 들어서는 10층짜리 신축 건물 때문이었다. 아무리 그래도 남의 집 해를 가리는 거는 아니지! 현수야 함마 가져온나! 아버지는 해머를 들고 신축 공사장으로 달려갔다. 미친놈! 이 반장이 말릴 틈을 놓친 것과 아버지가 해머를 휘두른 것은 간발의 차였으나 아버지가 휘두른 무진동 해머는 신축 건물 바닥에 작은 균열을 만들었을 뿐이었다. 상대편 소장이 아버지의 멱살을 잡고 몇 번 흔드는 것으로 일은 일단락되는 것 같았다.

그날 저녁 아버지는 김치찌개에 소주잔을 기울였다. 우리 숙이가 곰팽이 때문에 안 죽었나. 집에 해가 안 드니까 맨날 아가 맥을 못 추고 천식으로 안 갔나 말이다. 아버지는 술주정 끝에 내 방 창을 바라보며 한숨을 지었다. 천하에 나쁜 놈들이 너무 집 담벼락보다 높은 집 짓는 것들이다! 그날 아버지의 푸념은 밤늦도록 이어졌다. 내 방 창을 가리고 있는 붉은 벽은 푸른 이끼가 앉아 있었다. 응달이 깊어 이끼가 자란 벽은 우리 집을 가로막은 채 낡아갔다. 저 집구석이 벽으로 니 방 창문을 막아서 니도 다리 뱅신 된 거 아니가. 빌어먹을 놈의 새끼들! 아버지의 푸념은 언제나 나의 다리에서 끝이 났다. 아버지, 해 안 드는 거랑 내 다리랑 무슨 관계가 있다고 그러십니까! 나는 아버지의 미련한 믿음을 어쩌지 못해 소리치고 말았다. 열여섯에 천식으로 죽었다는 고모와 나의 고관절 부정교합은 해가 들지 않는 집이라는 조건과 맞물려 아버지를 괴롭혔다.

고층 건물의 골조가 5층을 넘어가던 날, 아버지와 나는 지붕 일부를 걷어낸 자리에 천창을 달았다. 지붕을 헐던 첫날 아버지는 이 반장은 알아도 모르는 척할 것이고, 김 소장은 8시가 지나야 출근하니 우리가 김 소장보다 일찍 출근해 지붕을 헐면 김 소장이 어쩌겠냐며 으름장을 놓았다. 아버지 말처럼 이 반장은 모르는 척 입을 다물었고, 김 소장은 이미 뜯겨나간 지붕을 바라보며 소리칠 뿐이었다.

아버지와 함께 처음 천창을 완성한 날 아버지 등으로 쏟아지던 햇살은 지금 김 소장 앞으로 쏟아지는 햇살과 같은 것일 터였다. 그때의 햇살과 지금의 햇살이 다르지 않은 것은 아버지가 뚫은 천창과 내가 뚫은 천창이 닮았기 때문일 거란 생각이 들었다.

"물 새면 니가 책임지라!"

천창을 올려다보던 소장은 못 박듯 책임이란 말을 뱉어내고 작업장을 떠났다. 각자의 자리에서 작업을 이어가던 작업자들이 퇴근을 준비했다. 어수선한 분위기가 못마땅하다는 듯 말없이 자리를 떠나는 작업자들 뒤로 해가 지고 있었다. 시리도록 누런 석양이 산 능선을 넘어왔다. 새순을 올리기 시작한 나뭇가지마다 저녁을 품은 노을이 내려앉았다.

"인자 오나?"

집으로 들어서자, 엄마는 가스레인지 불을 올렸다. 씻지 못한 몸에서 나무 냄새가 났다. 화판 작업을 하는 날이면 콧구멍부터 귓구멍까지 나무 먼지가 따라왔다. 욕실에서 먼지를 대충 씻어내고 밥상 앞으로 갔다. 밥상 모서리를 가랑이 사이에 끼고 굽혀지지 않는 왼 다리를 편 채 상 앞에 앉았다. 밥상 모서리가 명치에 닿았다. 반찬 그릇들도 모서리를 향해 놓였다. 아버지는 식사를 끝내고 안방에 누웠다는 엄마의 설명을 들으며 수저를 들었다. 형광등이 흐릿하게 밥그릇을 비췄다. 한낮에도 불을 켜야 할 만큼 실내는 어두웠지만 안방은 잠시 잠깐 해를 볼 수 있었다. 아버지는 그곳에 누워 계실 터였다. 내가 먹다 남긴 밥그릇은 언제나처럼 엄마 앞으로 갔다. 엄마는 밥 한 그릇도 다 먹지 못하는 아들을 낳은 자신에게 벌을 주듯 꾸역꾸역 남은 밥을 입으로 퍼 날랐다.

아버지는 안방 창을 바라보며 누워 있었다. 아버지가 깔고 누운 이불을 지나 커튼을 치자 아버지가 고함을 쳤다.

"카텡 걷어라."

아버지는 잠겼던 목청이 터지면서 목젖을 건드렸는지 마른기침을 쏟았다.

"눈에 안 좋은데 와 자꾸 그럽니까."

해가 드는 내내 창을 열고 해를 바라봤을 아버지에게 자외선 운운하는 것은 말 그대로 무가치한 일이었다. 백내장으로 앞을 잘 보지 못하게 된 아버지는 수술을 차일피일 미뤘다. 만날천날 해가 우떻고 해쌌드마는…. 이 반장이 서운한 빛을 보였지만 아버지는 못 들은 척 작업장을 떠났다. 그렇게 공사장을 떠난 지 한 달이 지났지만, 아버지는 수술 일정을 잡지 않은 채 해 드는 시간만 기다릴 뿐이었다.

"소용없다. 인자 너거 아버지가 눈 뱅신 될 차렌갑

다. 몸서리난다, 몸서리."

설거지를 끝낸 엄마가 안방을 향해 소리쳤다. 엄마는 얼굴도 모르는 손아래 시누가 죽은 것도 내가 스파이더맨 놀이를 하다 고관절 장애가 생긴 것도 모두 해 때문이라 믿는 아버지를 이해하려 노력했다. 그런 엄마에게도 아버지의 백내장 소식은 받아들이기 힘든 현실이었다. 세상 만물이 해 없이 우찌 사노. 그런데 해도 못 보고 사니 웃기고 자빠진 세상이지. 엄마는 쌓아 둔 빨래를 개며 푸념을 늘어놓았다. 앞집도 옥상에 방 넣어서 월세 받을라고 우리 집 응달 만든 거지…. 뭔 억하심정이 있었을라고…. 엄마의 하소연은 조금씩 줄어들더니 이내 사라져 버렸다.

집 안으로 번지는 답답함을 피해 옥상으로 갔다. 앞집 그림자가 옥상 바닥으로 늘어졌다. 정오를 제외한 나머지 시간은 응달이 되어버리는 옥상 귀퉁이에 장독 두어 개가 놓여 있었다. 아랫동네까지 내려다보이던 옥상 풍경을 떠올리려 노력했지만 쉽게 떠오르지 않았다.

앞집 옥탑방이 생기기 전 옥상에서는 넓은 전망을 감상할 수 있었다. 도심의 화려한 불빛과 섬을 품은 채 흐르는 바다를 바라보고 있노라면 가슴으로 안온

한 바람이 부는 것 같았다. 도심 곳곳의 경관 조명은 바다에 뿌려 놓은 보석처럼 반짝였다. 그 풍경만으로도 동네는 풍요로웠다. 가파른 골목을 오르다 뒤돌아보며 숨을 고르는 순간이나 여름밤 옥상에 앉아 밤바람을 맞으며 바다 위 배의 불빛을 바라보던 순간은 산동네 사람들이 누릴 수 있는 유일한 호사였다. 하지만 지금은 앞집 옥탑방 벽이 시야를 가릴 뿐 풍경은 보이지 않았다. 옥탑방 벽을 등지고 돌아서는데 축축한 바람이 불었다. 비가 올 모양인지 바람과 함께 물비린내가 묻어 왔다.

"물 새면 책임진다 했제?"

김 반장 음성이 전화기를 넘어왔다. 숙취가 가시지 않아 머리가 무거웠다. 어제저녁 퇴근 후 집으로 돌아온 진수와 옥상에서 술을 마셨다. 밤하늘을 흐르는 구름에 취해 술병이 늘었고 진수가 사 온 닭은 식어갔다. 마지막은 기억나지 않았다. 하지만 진수는 언제나처럼 나를 업고 좁은 계단을 내려왔을 것이다. 빗소리가 요란하게 들렸다. 엄마는 여름도 아닌데 무슨 비가 이리 오냐며 창을 닫았다. 김 반장은 제 할 말을 끝내고 전화를 끊었다. 그는 아마도 천창으로 비가 샌다는 사실을 비가 쏟아지는 아침에 나에게 전하고 싶었던 모양이었다. 천창 공사의 어려운 점은 비가 새는 경우가 잦다는 거였다. 그 사실을 알면서 고집스럽게 창을 냈으니 그 책임은 내가 져야 했다. 아버지는 이 반장이 책임 소지를 분명히 하는 것은 올바른 처신이라며 그 태도를 배워야 한다고 했지만 정작 아버지 자신도 그런 처신을 잘하지 못했다. 책임이란 지는 것이지 회피하는 것이 아니라며 빗속을 걸어가던 아버지 모습이 떠올랐다. 이불을 걷고 일어나 앉았다. 나도 아버지처럼 빗속을 걸어가야 할 것 같았다.

트럭 짐칸을 덮어 둔 천막이 바람에 나풀거렸다. 천막 위에 고여 있던 빗물이 운전석 언저리까지 흩날렸다. 운전석에 올라앉는 잠깐 사이 빗물에 바지가 젖었다. 트럭의 페달을 밟자, 차는 언덕길을 치고 올랐다. 빗물이 안개처럼 흩어졌다.

작업장은 집에서 멀지 않았다. 산동네 어귀 쓰러져 가는 집을 수리해야 할 것 같다며 연락해 온 것은 김 소장이었다. 너거 아부지 있을 때나 니가 디모도지 벌써 노가다 밥 먹은 게 몇 년인데. 인자 니도 잡부 소리 들을 짬밥은 아니지. 김 소장은 좁은 곳을 수월하게 오갈 수 있는 내 몸피가 필요했을 것이다. 오래되고 좁은 집을 수리하거나 자투리땅에 땅콩주택을 짓게 되는 경우 좁은 틈에서 작업이 가능한 잡부를 필요로 했다. 어지간히 힘든 공산갑다. 김 소장이 와이루 치는 거 보니. 아버지는 김 소장의 속내를 다 안다는 듯 입맛을 다셨다. 나의 작은 몸이 필요했던 김 소장은 비 오는 아침 비가 샌다며 나를 불러낸 거였다.

"인자 우짤 끼고?"

공사장 입구에 차를 세우기 무섭게 김 소장이 달려왔다. 몇 평 되지 않는 좁은 면적의 공사였지만 공정은 하나도 빠짐없이 진행해야 하는 것이 건축이었다. 천장과 지붕이 마무리되어야 다음 공정으로 넘어갈 수 있을 테니 김 소장의 어쩔 거냐는 물음 안에는 늦어지는 공정에 대한 책임도 묻겠다는 뜻이 담겨 있는 셈이었다. 김 소장은 우산을 든 채 담배를 피워 물었다. 그러더니 얼기설기 세워진 골조 사이를 지나 천창이 있는 다락으로 갔다. 다슬기잡이 수경 같은 유리 위로 빗물이 흐르고 있었다.

"바라. 저 틈에서 물이 줄줄 샌다. 석고랑 화판이랑

다 젖었다. 우짤 끼고?"

김 소장은 사다리 아래 서서 핏대를 올렸다. 젖은 석고보드와 화판은 잘라내고 새로 덧대야 할 것 같았다. 다행히 좁은 면적이라 비용이 크게 들 것 같지는 않았다. 어차피 일당을 받지 않아야 할 것이고 자재만 더하면 될 듯 보였다. 하지만 지붕에서 창틀로 이어지는 부분을 손봐야 해 공정이 이삼 일 정도 늦어질 수밖에 없을 듯했다.

"오야지만 삼십 년 한 너거 아버지도 자슥아, 지붕 물매로 애를 묵었는데…. 아, 모르겠고. 니가 해결해라!"

책임을 못 박은 김 소장이 돌아섰다. 천창이 있는 지붕으로 가기 위해 젖은 비계를 딛고 올라섰다. 아무래도 비가 새는 천창을 천막으로 가려야 할 것 같았다. 지붕으로 이어지는 비계를 디딜 때 비바람이 휘몰아쳤다. 비계 상단에 오른발을 올리고 접히지 않는 왼쪽 다리를 끌어당겨 발판에 올라섰다. 물에 젖은 발판은 미끄러웠다. 처마 난간을 잡고 지붕을 올려다봤다. 혼자 힘으로 비닐을 덮기란 쉽지 않을 듯했다. 가파른 경사도 경사지만 징크판넬이 물을 먹어 미끄러질 수 있었다. 순간 웃음이 났다. 내가 스파이더맨이라면 고관절 부정교합도 없었을 것이고 건설 현장 일용직으로 살지도 않았을 테지만, 지금 당장 스파이더맨이 될 수 있다면 지붕에 올라 천창에 비닐을 덮고 유유히 걸어 내려올 수 있을 것 같아서였다. 비를 맞으며 천창을 내려다보는데 일곱 살의 그날이 생각났다. 그리고 그날 이후 혼자 누워 지냈던 방의 어둠이 눈앞으로 드리우는 것 같았다. 온몸으로 비를 맞고 있자니 옥상 장독대로 쏟아지던 햇살이 떠올랐다. 아버지와 함께 일용직 일을 하면서 햇살 한 줌이면 어둠을 걷어낼 수 있다는 것을 알았다. 그리고 그 한 줌의 햇살이 시린 어깨를 데워주거나 엷은 웃음을 웃게 한다는 것도 알게 되었다.

"현수야, 내려온나. 내가 덮어 놓으끄마."

이 반장과 박 씨가 비계 위로 올라왔다.

"아부지한테 물매 좀 잡아 돌라캐라. 내보다 너거 아부지가 나을 기다."

지붕에서 내려온 이 반장이 머리의 빗물을 털어내며 내 눈치를 살폈다.

고등학교 졸업식 날 아버지는 술잔을 내려놓으며 입을 열었다. 아버지 따라댕기면서 일 배울래? 어디선가 드릴 소리가 요란하게 들렸다. 소리가 잦아들기를 기다렸다는 듯 엄마는 한숨지었다. 몸도 약하고, 다리도 불편한 아를 와 델꼬 댕길라 하는지…. 엄마는 그릇에 눌어붙은 면발을 나무젓가락으로 짓이기며 말끝을 흐렸다. 그러면, 뭘로 먹고 살 기고. 니 말마따나 몸뚱아리는 조막만 하고 다리는 뱅신인 현수는 뭘로 먹고 살 기고! 몸도 약해, 기술도 없어. 그렇다고 우리가 아를 다시 공부시켜서 대학을 보낼 기가, 판검사를 만들 거가. 엄마는 거칠게 젓가락을 내려놓았다. 그리고 졸업식을 기념하는 자리에 어울리지 않는 말을 늘어놓는 아버지가 못마땅하다는 듯 표정을 일그러트렸다. 그 순간 내가 할 수 있는 것이라곤 창으로 스미는 햇살을 받으며 말없이 앉아 있는 것뿐이었다.

아버지는 조수부터 시작하면 먹고는 살 거라며 나를 타일렀다. 김 소장은 나를 탐탁지 않아 했다. 힘은 쓰긋나? 김 소장의 낯빛은 떨떠름했다. 반타작부터 시작하지 뭐. 그래도 우리 현수가 쓸 만할 거다, 김 소장. 내 말 믿고 일부터 시키봐라. 내가 가르키면 안 되나. 이 반장아 니도 현수 챙기주고. 아버지의 힘없는 목소리보다 김 소장의 낯빛이 마음에 들지 않았

다. 김 소장은 일당을 반만 받아도 좋다는 아버지의
제안에 나의 출근을 허락했다.

나의 첫 출근지는 산동네 공사 현장이었다. 공사
가 진행 중인 집은 경사지의 좁은 골목 안에 있었다.
두 사람이 겨우 비껴 갈 넓이의 골목으로 자재를 나
르고 공사 장비를 넣어야 하는 곳이었다. 현수야, 보
르크하고 타이루 좀 옮기라. 나에게 주어진 첫 번째
일은 자재를 옮기는 것이었다. 자재를 실은 트럭은
골목 위 도로변에 주차돼 있었다. 자재를 골목 입구
까지 옮긴 뒤 밀차로 현장에 부려야만 했다. 난감했
다. 굽히지 않는 다리로 골목 계단을 디디는 것도 힘
들었지만 무거운 블록이나 타일 상자를 양손으로 지
탱하며 골목을 오르내리는 것은 더더욱 힘들었다. 천
천히 해라. 몸도 약한데 무리하다 다치면 약값이 더
나간다. 조적을 쌓던 이 반장이 지나가듯 말을 흘렸
다. 그러나 김 소장은 굼뜨기만 한 내가 못마땅하다
는 티를 숨기지 않았다. 현수야 니, 여 함 올라가 볼
래? 타일 상자를 내려놓고 있을 때 지붕 틈에 앉은 아
버지가 나를 불렀다. 비계 상판을 딛고 서자 아랫동
네 신축 아파트가 마주 보였다. 몸을 돌려 아버지가
있는 지붕 아래로 기어들어 갔다. 그 틈 좀 박아 봐

라. 비스듬하게 기울어진 천장 틈에 나무틀을 끼워야
했다. 천장과 좁은 틈 사이에 상반신을 끼우고 실리
콘을 쏘는 것으로 일을 마무리하고 나니 점심시간이
었다. 바라, 김 소장. 현수가 할 수 있는 일이 있네. 아
버지가 기분 좋게 웃었다. 사람은 다 지 할 바가 있는
기라. 막걸리 잔을 비운 이 반장 얼굴이 붉었다. 내가
마무리한 천장을 못마땅한 표정으로 올려다보던 김
소장은 이 반장 옆을 스치듯 지나갔다. 그런 일은 현
수가 마침맞네. 우리 따라댕기도 일당은 하겠다. 이
반장은 고개를 끄덕이며 빈 잔을 채웠다.

"물매만 잡으면 문제없겠다. 쬐매난 것 같아도, 저
거 하나면 집이 훤할 끼다."

이 반장은 연신 빗물을 털어내며 천창을 올려다봤
다. 집주인은 동네에서 바라다보이는 풍경이 좋아 낡
은 집을 수선하기로 한 거라고 했다. 너무 집 사느니
자기 집 고치 살라고 시작한 건데, 집이 좀 어두울란
가…. 지붕을 올리던 날 이 반장은 이런저런 말들을
흘렸다. 집이 좁아서 아들내미 방이 없다 하데, 그래
서 내가 너거 아버지가 다락 넣어 줄라 한다고 했더
만 좋아라 했는데, 다락 넣고 보니 집이 어두워서 맘

이 쓰이는 갑드라. 그날 이 반장의 눈은 아쉬운 듯 천
장을 올려다봤다. 좁고 어두운 방은 햇살을 찾고 싶
게 만들기 마련이었다. 동생과 함께 담벼락을 오르내
리며 놀던 그때 난 그 사실을 알고 있었던 것 같다.
아마도 우리 집 창을 가리는 붉은 담벼락 때문이었을
것이다.

공치는 날 불려 나와 옷이 젖은 박 씨는 무표정한
얼굴로 담배를 빼 물었다. 일당 받이가 밥 먹을라 하
면 공치는 날 빈 걸음도 할 줄 알아야 되는 기다. 간
혹 이 반장의 호출을 받을 때마다 아버지는 군말 없
이 집을 나섰다. 아버지는 시간으로 돈을 사야 하는
사람은 시간을 나눌 줄 알아야 하는 것이라고 했다.
시간을 나눌 줄 아는 이 반장은 여전히 쏟아지는 비
를 바라보다 빗속으로 뛰어들었다.

"박 씨, 한 꼬프 하고 가자. 괘안체?"

담배를 피우고 섰던 박 씨가 말없이 이 반장 뒤를
따랐다. 봄비는 거칠게 쏟아졌다. 여름 장마처럼 세
찬 비를 보며 하늘이 내일 하루를 더 쉬게 해주길 바
랐다. 탕발이들 휴가는 비 오는 날 아닌교. 날씨 정보
를 살피던 박 씨의 애매한 표정이 떠올랐다. 그는 날
씨 덕에 하루를 쉬어 좋다는 것인지 하루 수입이 없

어 아쉽다는 것인지 알 수 없는 표정을 지었지만, 날씨를 원망하거나 투덜거리지는 않았다.

헛걸음 끝에 술집 문을 두드릴 두 사람을 뒤로하고 차에 올랐다. 시동이 걸리자 트럭 배기구에서 검은 연기가 쏟아졌다. 트럭도 물에 젖어 무거워진 것인지 액셀 밟는 다리에 힘이 들어갔다.

아버지는 비 내리는 창을 바라보며 앉아 있었다.

"천창 틀에서 물이 샌다꼬? 그라믄 마도 와꾸를 두 번 잡아야지."

내 쪽을 향해 앉은 아버지의 눈은 허공 어딘가를 응시했다. 나는 천창의 틀도 이중으로 잡는 것이냐 되물었다.

"천창이라 해도 창문은 창문 아니가. 그래도 천창이니까 박공에다가 창을 낼 때는 덴조 위에 와꾸를 하나 넣고 와꾸 위에 또 와꾸를 넣어야 물이 안 샌다. 구배를 박공보다 더 잡아야 안 되긋나."

눈으로 보고 있기라도 한 것처럼 아버지는 고개를 이리저리 저었다. 아버지는 천장에 비스듬히 뚫린 천창을 올려다보듯 고개를 젖히는가 싶더니 두 손을 들어 허공 이곳저곳을 더듬었다. 천장에 창틀을 달 때처럼 한 손으로 허공을 받치고 나머지 손으로 또 하나의 창틀을 붙잡을 것처럼 손바닥을 하늘로 뻗었다. 아버지는 첫 번째 창틀은 지붕 안의 천장과 같은 각도를 유지해야 하고 두 번째 창틀은 박공지붕 경사에 맞추는 것은 물론 첫 번째 창틀보다 더 크게 만들어야 한다는 의견을 개진하느라 여러 차례 팔을 움직였고 그보다 더 여러 차례 고개를 저었다. 흐릿한 눈으로 천창을 보기 위해 아버지는 자신의 경험을 떠올리고 있는 듯 보였다.

"먼 소린지 알아 묵제?"

당연히 알아들었을 거라 믿는 음성이었다. 창틀두 개의 길이를 달리하되, 지붕에 잇대는 창틀의 넓이를 크게 하라는 말을 전하기 위해 아버지는 자신이 알고 있는 모든 것을 꺼내고 살피고 들여다보는 것 같았다.

"씻고, 쉬라. 비 오는데 욕봤다."

처음 천창을 내고 돌아왔던 날은 아버지와 함께일을 다닌 지 일 년이 못 된 때였다. 그날 저녁 아버지는 소주를 마시며 아랫동네에 들어서게 될 아파트에 관하여 주절거렸다. 찌개를 데워 온 엄마가 한숨을 뻗었다. 그라기 말입니다. 산동네 사람들 우짜다 한 번 숨 쉬는 꼴을 못 보는가베. 엄마는 아버지 잔에 술을 따랐다. 아랫동네가 재개발되면서 이십 층 높이의 아파트 단지가 들어선다고 했다. 그 소식을 접한 동네 사람들은 아랫동네 풍경을 볼 수 없게 되었다며 아쉬워했다. 고된 시간에 잠시 멈춰 바라보는 풍경은 말 그대로 막힌 가슴을 뚫어주기에 충분했다. 하지만 머지않아 그 짧은 순간도 사라지게 될 모양이었다. 아랫동네 사람들은 그렇다 치고, 와 요 동네 사람들도 난린지…. 아버지는 곳곳에 올라가고 있는 옥탑방이 못마땅하다는 듯 잔을 거칠게 놓았다.

오랜 세월 사람을 품었던 집들은 세월을 이기지 못하고 낡아갔다. 가진 것이라곤 낡은 집 한 채뿐인 이들은 집을 고쳐가며 살아야 했다. 기울어진 담장을 다시 얹거나 녹슨 대문을 바꾸는 정도의 집 수선만으로도 집들은 화사하게 되살아나는 것 같았다. 이웃들이 집을 수선하는 동안 불편한 소음이나 먼지를 묵묵히 견뎌 주는 것은 그들 역시 비슷한 처지의 집에 살고 있기 때문이기도 했다. 그러나 간혹 수선을 넘어선 집 수리가 문제였다. 단층집들은 각자의 생김대로 다단을 이루며 켜켜이 놓여 있었다. 상자를 쌓은 것 같은 동네의 특징 때문에 앞집 지붕 높이는 민감한 사안일 수밖에 없었다. 동네의 집 대부분은 경사지에 위치해 햇살이 잘 들고 바람도 잘 통했다. 그런가 하면 창 아래 지붕은 멋스러운 그림처럼 느껴지기도 했다. 그러나 앞집이 옥탑방을 올리는 순간 뒷집이 누리던 밝고 화사한 일상은 무너질 수밖에 없었다. 아랫동네서 재개발이다, 아파트다 해싸니까, 이 동네 사람들도 내 집 내 맘대로 한다는 심뽀지 뭐. 아버지는 뻔한 이유라는 듯 혀를 찼다. 가로등 불빛이 새어드는 쪽창을 바라보던 엄마의 얼굴이 굳어졌다. 그래도 우짤기요. 얼마라도 달세가 중요하지. … 그래서 이번에는 얼마나 떼는교? 엄마의 불안한 눈이 아버지를 바라봤다. 김 소장은 아버지의 일당에서 천창 값을 뺄 것이 뻔했다. 얼마 안 뗀다. 창문 쪼가리 그거 얼마 한다고. 아버지의 거친 손이 밥상을 밀쳤다. 탕바리하는 사람이 소장 말 들어야지 뭣을 또 우짤라고 그랍니까. 엄마 목소리가 애원조로 바뀌었다. 비 오는 날이 잦아 한 달 벌이는 말 그대로 몇 푼 되지 않는다는 것이 엄마의 설명이었다. 그런데 거기다 천창 값을 제한다니 엄마의 한숨이 깊어질 수밖에 없었다. 아버지는 엄마를 지나 옥상으로 갔다. 그리고 앞집 옥탑방 그림자를 등진 채 뒷산을 하염없이 바라볼 뿐이었다.

　비 그친 하늘은 말 그대로 말간 푸른빛이었다. 요란한 새소리가 새벽하늘로 번졌다. 소장이 출근하기 전에 천창 물막이 공사를 마무리해야 했다. 어제저녁 잦아드는 빗소리를 들으며 잠을 청할 때 이 반장이 아침 일찍 물매를 잡아야 한다는 문자를 보내왔다. 그는 약속된 출근 시간보다 빨리 작업장에서 만나자고 했다.
　경사지를 올라가는 트럭의 엔진소리가 요란했다.
　"왔나? 천막 걷어 보니 일이 그리 크진 않을 것 긋다."
　이 반장은 목을 구긴 채 다락에 앉아 있었다. 작은 창으로 여명이 스몄다. 투명하지만 시린 푸른 빛. 이 집 사람이 저 빛을 누릴 수 있게 되어 다행이었다. 이 반장은 서둘러 창틀을 덧댔다. 무엇보다 기울기를 잘 잡아야 했다. 박공지붕의 경사도에 맞춰 창틀을 끼우는 것이 관건이었다.
　"현수야, 느그 아버지가 덴조 위에 와꾸 치라 하제?"
　이 반장이 목을 비틀며 물었다. 나는 천장과 지붕

각각에 창틀을 얹되 지붕에 잇댈 창틀 경사도를 더 높여야 한다는 아버지의 설명을 전했다. 이 반장은 고개를 끄덕이며 중얼거렸다.

"느그 아부지가 오야지 아이가. 모르는 거는 아부지한테 배워라. 느그 아부지 가고 없으면 다 헛방이다."

간이 비계 위로 내려선 이 반장 뒤로 아침 해가 드리우기 시작했다. 아침 윤슬이 바다 위에 길을 열었다. 하루를 살아낼 사람들이 거침없이 달려 주기를 바라듯 윤슬은 수평선까지 일자로 뻗어갔다.

"김 소장 곧 오겠다. 어서 마무리 짓자."

절단기로 각목을 자르는 이 반장의 손놀림이 빨라졌다. 돌아가는 톱날에 나무가 절단되면서 톱밥 먼지가 날았다. 부유하는 톱밥 입자들은 숨을 쉬는 것처럼 하나하나 허공을 떠다녔다. 그것들이 허공을 떠도는 사이 천장의 좁은 틈으로 들어가 누웠다. 이 반장이 전해주는 각목을 천장에 덧대기 위해서였다. 유리를 끼울 수 있도록 홈을 판 나무틀을 천장에 이어 붙였다. 창틀 크기만 한 햇살이 실내로 들어왔다. 큰 창으로는 큰 창만큼의 해가, 작은 창으로는 작은 창만큼의 해가 들지만 그 강도는 다르지 않았다. 쌀알만

한 햇살이라도 어둠을 물리고 살갑고 따스한 기운을 줄 수 있었다.

창틀을 통해 해가 들고 있는 하늘을 잠시 마주 보았다. 어느새 하늘은 아침 하늘로 바뀌어 있었다. 바람 한 점 없지만 톱밥 먼지는 여전히 허공을 부유하고 있었다. 그리고 코안이 간지러웠다. 들숨이 불규칙해지는가 싶더니 코끝이 찡해지고 눈물이 핑 돌았다. 얼마지 않아 한 번의 날숨이 쏟아졌고 어김없이 두 눈이 질끈 감겼다. 재채기 끝에 밀린 숨을 몰아쉬며 눈을 떴다. 몸속 곳곳으로 개운함이 번졌다. 아침 하늘은 여전히 그곳에서 빛을 뿜고 있었다.

"전화 받아 봐라."

이 반장이 비계 위로 전화기를 건넸다. 엄마였다.

"너거 아부지 병원 간단다. 내가 모시고 갈 테니까. 니는 일 끝내고 온나."

아버지가 백내장 수술을 받기로 했다는 내용이었다. 의사는 해를 가릴 수 있도록 선글라스를 쓰라고 했지만 아버지는 눈을 가리는 어떤 것도 허용하지 않았다. 엄마는 아버지를 위해 챙 넓은 모자나 색 옅은 선글라스를 사다 날랐지만 소용없었다. 내가 해를 안 가려서 백내장이 온 거라는데 해 안 가려도 백내장 안 걸리는 사람도 있다. 의사들이 저거 돈 벌라고 그라는 거 다 안다. 아버지가 백내장 초기 진단을 받던 날 엄마의 설득은 힘을 잃었다. 그날 아버지는 당뇨 합병증이 만든 병이니 자신은 해를 보며 살아가겠노라 선언했다. 고집도, 고집도! 치아뿌소 마. 당신 눈이지 내 눈이가. 엄마의 겁박은 아무 효능이 없었다. 챙 넓은 모자와 색 옅은 선글라스는 아버지 손에 들려 이 반장에게 전해졌다.

"아이고, 인자 정신 채맀는가베. 수술받으면 금방 좋아질 긴데, 고집을 부리가 제수씨 신경 쓰게 하고 말이다. 너거 아부지도 참 벨나다 벨나. 천창만 마무리하고 가 봐라."

아버지 수술 결정을 엄마보다 반가워하는 쪽은 이 반장인 듯했다. 지붕 창틀을 다듬는 그의 손이 바쁘게 움직였다.

"더 쉬다 나오지. 그래도 한 일주일은 쉬야지, 또 고집을 부렸는가베."

이 반장은 뒷마무리라도 함께하겠다는 아버지를 반갑게 맞았다. 아버지는 이 반장의 인사를 웃음으로 받으며 천장을 올려다봤다. 천창으로 쏟아진 빛이 아버지 얼굴을 비췄다. 아버지의 눈가에는 미세한 반창고 흔적이 남아 있었다. 하이고, 느그 아부지 그리 해타령 해쌌드마는 얼굴에 해가 떴다. 좋소? 반창고 흔적은 엄마의 웃음을 생각나게 했다. 수술 직후 안대로 눈을 가린 아버지를 바라보던 엄마의 흐뭇한 웃음은 천창을 통해 쏟아지는 햇살을 닮은 것도 같았다.

"일을 하다 말았다 싶으니 영 찜찜해서….''

작업은 마무리 단계였다. 대수선 급의 공사를 진행했던 터라 공기가 늘어져 납기를 맞추기 힘든 상황이기도 했다. 그래서인지 김 소장은 아버지의 출근을 마다하지 않았다.

"현수가 해 놓은 거 함 보소.''

한 살 아래인 이 반장이 어설픈 존칭으로 아버지를 이끌었다.

집주인은 아이가 쓸 다락방이 안락해서 좋다고 했다. 천창 공사가 마무리되기 전 집주인은 다락방을 보고 싶다며 현장을 찾았었다. 어린 날 자기 방을 가져 보지 못했다는 주인은 다락방 천창을 말없이 바라보더니, 방이 밝아 좋다며 흐뭇해했다.

"물매 잘 잡았구마는. 그래 박공보다 구배를 더 잡는 게 맞지. 잘했네.''

지붕보다 창의 경사를 더 기울이고 천장의 창보다 지붕의 창을 크게 만들어야 한다는 사실을 알고 있는 아버지는 벽채와 지붕의 이음새 그리고 다락으로 이어지는 계단참의 간격을 유심히 살폈다.

그런 아버지를 지나 다락 천창 밑에 누웠다. 창틀 이음새를 한 번 더 살피기 위해서였다. 유리는 나무 창틀의 홈에 맞물려 있었다. 더 이상 틈으로 물이 새거나 바람이 들 것 같지는 않았다. 이음새를 살피며 몸을 틀자 가라앉았던 먼지들이 부유했다. 어김없이 재채기가 났고 개운함이 온몸으로 번졌다.

"재채기가 와 나오는 줄 아나? 콧구멍으로 들어간 먼지 뿜어 낼라고 나오는 기다."

아버지는 다락 곳곳을 살피며 무심한 듯 말을 이었다.

"재채기 할 때 몸 밖으로 나오는 바람이 얼마나 쎈지 눈 뜨고 재채기를 하면 눈알이 밖으로 튀어나온다 안 하나."

두 손으로 눈알 튀어나오는 시늉을 해 보이는 아버지는 얼굴 가득 장난기를 머금고 있었다.

"아따, 신소리 그만하고, 커피나 한잔하그로 올라오소. 현수 니도."

지붕 마감을 살피던 이 반장이 아버지를 불렀다. 비계를 딛고 지붕에 올라서자, 이 반장이 믹스커피가 담긴 종이컵을 내밀었다.

"이런 호사는 나랏님도 못 누리는 거 아이요?"

이 반장이 도심을 내려다보며 깊은숨을 뱉었다. 아버지 역시 이 반장 곁에 앉아 아래를 내려다보며 커피잔을 기울였다. 도심이 그림처럼 펼쳐져 있었다. 경사지의 집들과 섬 사이를 흐르는 바다까지 그림 아닌 것이 없었다.

서쪽에서 시작된 노을이 발아래 도심을 감싸며 포근히 물들었다.

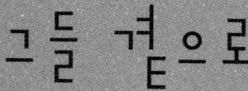

그들 곁으로

내가 이곳으로 오게 된 것은 바람 때문이었다.

어쩌면 바람이 나를 이곳으로 보낸 것인지도 몰랐
다. 바람을 바라보던 그 순간 얼굴은 땀에 절었고 품
안의 윤은 햇살이 눈부신지 얼굴을 찌푸렸다. 먼지
한 톨 움직이지 않는 진공의 시간, TV 화면 안에선
바람이 불고 있었다. 화면은 발아래 바다와 지척의
섬 그리고 집들이 빼곡한 언덕 위의 바람을 비췄다.
바람은 나풀거리는 빨래로, 지붕 사이에 걸쳐진 전선
의 너울거림으로, 빛바랜 건물 틈에 뿌리 내린 나뭇
가지의 흔들림으로 자신의 존재를 알렸다.

그때 난 죽음을 생각하고 있었다. 윤과 내가 창 아
래로 쏟아져 내린다 해도 세상은 좀처럼 움직이지 않
을 것 같았다. 처음부터 존재하지 않았던 것처럼 흔

적 없이 사라질 수 있을까. 그렇게 되고 싶었다. 그렇게 되기 위해 창 앞에 섰고, 창 아래 세상을 바라보던 순간 바람을 본 거였다.

저곳의 바람을 맞을 수 있다면 살아갈 마음을 가질 수 있을 것 같았다. 빨래를, 전선을, 나뭇가지를 흔들며 달려온 바람을 온몸으로 맞을 수 있다면 막힌 듯 갑갑한 가슴이 열리고 숨이 쉬어질 것 같았다. 품 안의 윤이 몸을 뒤척였다. 그래, 너도 저곳이라면 살아보고 싶다는 뜻일 테지. 바람은 TV 화면 안에서 쉬지 않고 불었다.

1

친정엄마 돌아가시고 비워뒀었는데, 새댁이 온다면 도배하고 장판은 바꿔 줄 수 있지 싶어요. 엄마 오시기 전에 우리가 신혼 방으로 썼던 방이에요. 여자의 눈이 집 안을 향해 움직였다. 두 짝짜리라 해도 싱크대 달린 입식 부엌이 있고, 좀 좁아 그렇지 집 안에 화장실이랑 목욕탕도 있고⋯. 주인 여자는 방치된 집만큼 낡은 표정으로 말을 이었다. 기름보일러지만 집이 작아 기름값도 얼마 안 들고, 창문이 커서 집이 밝아 안 좋습니까? 엄마 돌아가시기 얼마 전에 창문을 바꿔서 단열도 잘 되고…. 여자는 창을 열어 보였다.

창 앞으로 늘어진 전선이 일정한 간격으로 흔들렸다. 손을 뻗으면 잡을 수 있을 것 같은 바람이 창으로 밀려 들어왔다. 볼을 스친 바람이 5평, 좁은 방 안을 돌아 나갔다. 윤은 고개를 사선으로 꺾은 채 잠들어 있었다. 손가락 길이만큼 자란 배냇머리가 아지랑이처럼 일렁였다. 볼의 솜털이 흩날렸고 완두콩처럼 돋은 입술 사이로 옅은 숨소리가 흘러나왔다. 아이가 편히 잠들어 있는 것 같아 마음이 놓였다. 아들입니까? 여가 편한가, 잘 자네. 여자는 부드러운 웃음을 머금은 채 윤을 바라보았다. 순간 마음 한 곳의 줄 하나가 풀린 것처럼, 가슴 한쪽으로 바람이 스며드는 것 같았다.

이삿짐을 부리고 창을 열었을 때 빨래를 널고 있는 주인 여자와 눈이 마주쳤다. 방의 창은 건너편 옥상과 같은 높이였다. 옥상은 슬리퍼 끄는 소리가 선명하게 들릴 만큼 가까운 거리였다. 짐이 단출하네. 여자의 안부가 허공을 건너왔다. 윤이는 자는가베. 창을 건너다보던 여자가 이불을 펴며 웃었다. 가을

햇살에 눈이 시린지 한쪽 눈을 찌푸리며 웃는 여자 뒤로 파란 하늘이 발광하고 있었다. 눈높이로 마주 보이는 옥상을 보며 어쩌면 블라인드를 내려 둔 채 생활해야 할지 모르겠다고 생각했다. 멀리 운하처럼 흐르는 바닷물이 반짝였다. 윤슬을 자유롭게 볼 수 있을까? 짠내가 스민다고 생각한 것은 그때였다. 바 다로부터 시작된 냄새가 방까지 날아들었다. 빨래 널 기를 끝낸 여자는 가파른 철계단을 조심스럽게 내려 갔다. 얼마지 않아 출입문 닫히는 소리가 들렸다.

윤을 눕힌 채 옷가지 정리를 끝내고 바닥을 닦았 다. 먼지가 걸레에 올라붙었다. 비워둔 지 오래된 집 이라 그런지 먼지가 많았다. 욕실 바닥에 쪼그려 앉 아 걸레를 빨았다. 무릎이 변기 모서리에 부딪혔다. 세면대는 손바닥 두 개를 펼치면 가득 찼고 욕실은 무릎을 세우고 쪼그려 앉으면 변기를 나란히 바라볼 수밖에 없는 구조였다. 이사 오기 전 살던 집도 별반 다르지 않았다. 자립 청년에게 제공되는 임대주택은 지금의 집보다 4평 정도 더 클 뿐이었다. 4평 더 큰 집이었지만 세면대도, 욕실도 지금의 집과 비슷했다. 오히려 지금 집이 4평 더 컸던 임대주택보다 크게 느

꺼졌다.

물기 짜낸 걸레를 펼쳐 다시 바닥을 닦았다. 쪼그려 앉은 채 두어 걸음, 무릎을 눕힌 채 두어 걸음, 두 손으로 바닥을 짚으며 두어 걸음, 걸레를 뒤집어 다시 쪼그려 앉은 채 두어 걸음. 걸레질이 끝났다. 잠들어 있던 윤이 깼다. 서둘러 윤을 안아 젖병을 물렸다. 그러자 윤이 구겼던 얼굴을 펴고 힘차게 젖병을 빨았다. 창 가득 노을이 비췄다. 저녁이 다가오고 있었다.

이불을 머리까지 뒤집어쓴 채 잠을 기다리던 밤이 떠올랐다. 보육원에서의 첫 밤은 낯선 것들이 주는 공포와 싸워야 했던 시간이었다. 선생님은 부드러운 음성으로 잘 자란 인사를 남기고 방을 나갔지만 쉬 잠들 수 없었다. 이불에 밴 알 수 없는 냄새와 정체불명의 소리에 잠은 자꾸만 달아났다. 소리의 정체를 찾으려 뒤집어쓴 이불을 들자, 이불 밖의 어둠이 목덜미를 누르는 것 같았다. 방 밖에서 들리는 기계음들, 방 안에서 들리는 아이들의 잠꼬대. 엄마와 함께 잠들던 때의 조용한 시간이 그리웠다. 눈물이 날 것 같아 다시 이불을 뒤집어썼다. 갑갑했다. 식은땀이 눈썹을 타고 귓불로 흘러내리더니 귀 안으로 스몄다.

귀에 물이 든 것처럼 먹먹했다. 숨소리가 거칠어지고 옷이 땀에 젖었다. 하지만 곁에 누운 아이들은 새근거리며 잠들어 있었다. 이불을 걷어 내고 싶었다. 이곳에서 얌전히 지내야 한다는 엄마의 말과 이곳에서 함께 살아야 한다는 선생님 말이 머리를 어지럽혔다. 숨은 더 가빠지고 쉴 새 없이 땀과 눈물이 흘렀다.

갑갑함을 견디지 못하고 이불을 걷었을 때 선생님이 놀란 얼굴로 나를 불렀다. 순간 비명에 가까운 울음이 터졌다. 당황한 듯 나를 부르는 선생님을 밀치고 창가로 달려가 창문을 열었다. 그제야 울음을 멈추고 숨을 쉴 수 있었다. 선생님은 창틀에 매달려 숨을 몰아쉬는 내 등을 쓸어 주었다. 처음 느낀 엄마와 다른 따뜻한 손길이었다. 나는 가끔 그 손길을 기억했다.

아기의 뒤척임보다 먼저 나를 깨운 것은 창을 넘어오는 햇살이었다. 동트기 직전 수유를 끝내고 다시 잠을 청했던 터라 밝아오는 아침이 반갑지 않았다. 싸구려 블라인드는 아침 해를 다 가리지 못했다. 미간을 접으며 몸을 일으켰다. 아침마다 창으로 해가 들어 좋을 거라던 주인 여자의 말을 떠올리며 블라인드를 걷고 창문을 열었다.

건너편 옥상에서 빨래를 널던 여자는 눈을 찡그린 채 잘 잤냐고 물었다.

"아이고, 이사하고 첫 밤이라 어수선했을 긴데, 내가 실없이 물었네."

여자가 계단을 내디디며 말했다.

"내 좀 올라갈게요. 문 좀 열어줘요."

여자가 계단 아래로 사라졌다. 멀리 바다로 눈길을 보냈다. 바다에서 돌아온 어선들이 분주히 움직이고 있었다. 얼마 지나지 않아 여자가 문을 두드렸다. 잠든 윤을 지나 문을 열었다. 노선버스가 굉음을 내며 지나갔다.

"내 좀 들어가도 되지요? 아이고, 고놈 잘 잔다."

여자는 비닐 덮은 쟁반을 내밀더니 윤을 향해 앉았다.

"미역국 끓였는데 한 그릇 먹어 보라고…. 어제저녁에 짐 풀었으니 뭐 먹을 것도 없을 거고…."

잠시 말을 멈춘 여자가 윤의 이불을 여미며 말을 이었다.

"우리 딸보다 어려서 내가 예제 하기도 뭣하고. 편하게 말 놓을게, 윤이 엄마."

퍼석하고 마른 얼굴의 여자가 어색한 미소를 머금
었다.

"무슨 사연인지 몰라도, 인자 이웃이 됐으니 편하
게 지내라고. 나는 맨날 집에 있는 사람이니까, 언제
든지 불러. 우리 시어머니가 말이 좀 거칠어도 마음은
착해. 우리 아저씨는 심장이 약해서 집에 있어. 급한
일 있으면 편하게 부탁하고. 어린 나이에 고생이 많
네."

"현아! 빨래 널다 말고 이기 또 어데 갔노!"

창 아래서 들려오는 새된 소리에 주인 여자가 자
리에서 일어났다.

"네, 어머니 갑니다! 윤이 엄마 내 갈게."

녹음기를 틀어 놓은 듯 자기 말을 쏟아내던 여자
가 사라졌다. 하지만 창 아래서는 미친년과 정신없는
년을 뒤섞은 욕설이 한동안 이어졌다.

싱크대에 올려놓은 쟁반에는 김치와 멸치볶음, 미
역국과 밥공기가 놓여 있었다. 나만을 위한 밥상을
앞에 놓고 보니 바람을 찾아 나서던 시간이 떠올랐
다. 창 아래로 사라지고 싶었던 마음을 접고 서둘러
윤을 업었을 때 눈물이 쏟아졌다. 짐짝처럼 던져졌던
보육원, 떠밀리듯 입주한 임대주택, 윤을 남기고 사

라진 경호까지 눈물과 함께 떠오른 것들이 너무 많았다.

무턱대고 집을 나섰다. 빨래와 전깃줄, 나뭇가지와 구름을 흔들던 바람이 있는 곳으로 가야겠다는 생각 때문이었다. 기차에 기대앉아 눈을 감고서야 소란했던 마음이 가라앉았다. 그리고 배가 고팠다. 담백한 마음이 떠올려 준 허기였다. 짐가방에서 물병을 꺼내 입을 적셨다. 바스러질 듯 말랐던 입에 물이 스미자 살 것 같았다. 쟁반의 하얀 그릇들을 바라보니 그때처럼 배가 고팠다. 오롯이 나를 위해 차려진 밥상은 여전히 온기를 품고 있었다. 그릇을 덮고 있는 비닐을 걷어 내고 수저를 들었다. 입에 침이 고였다. 국그릇의 미역국이 윤슬처럼 반짝였다.

2

길게 뻗은 매장은 폭이 좁았다. 두 사람이 겨우 비켜 설 정도의 공간을 제외하고는 옷들로 가득했다. 사장은 가게 안쪽에서 새로 들인 옷가지를 정리했다. 개점을 끝낸 시장은 조용한 듯 분주했다. 이웃한 속옷 가게 사장은 매대를 정리하느라 바빴다. 맞은편

이불 가게 할머니는 돋보기를 쓴 채 이불에 붙은 실밥을 뜯었다. 신발 가게 직원은 신상품 정리에 여념이 없었다. 제 몫의 일에 몰두하는 이들을 보자 뭐라도 해야 할 것 같았다. 매장 벽에 아무렇게나 쌓여 있는 옷가지를 꺼냈다. 구겨진 채 쌓여 있던 티셔츠들이 숨을 토해내듯 매대 위로 흩어졌다. 아무렇게나 뒤엉킨 옷가지를 반듯하게 폈다. 소매를 카라 뒤로 보낸 뒤 상판과 등판을 반으로 접으면 셔츠는 방금 만든 것처럼 깨끗하게 접혔다. 티셔츠 역시 비슷한 방법으로 접어주면 솔기 하나 어긋남 없이 단정해졌다. 옷가지를 정돈할 때마다 사장은 손끝이 야무지다며 만족스러워했다.

무엇이든 반듯하게 해두고 싶었다. 그것이 책장의 책이든, 이불장의 이불이든. 보육원에서 첫 밤을 보낸 날 아침, 선생님은 구겨진 셔츠를 내게 건넸다. 나와 함께 보육원에 던져진 가방에는 구겨진 옷가지들이 들어 있었다. 식탁에 앉은 아이들은 모두 주름 없는 셔츠와 바지를 입고 있었다. 아이들의 엄마는 아이들의 옷을 반듯하게 접어 아이들과 함께 보육원에 보낸 것일까. 그렇다면 나의 엄마는 왜 구겨진 옷들과 함께 나를 보육원에 보낸 걸까. 그날 난 하루 종일 구겨진 셔츠 자락을 잡아당겼다. 몸을 감싸고 있는 셔츠의 구김이 펴져야만 반듯한 사람이 될 수 있을 것 같았기 때문이다. 하지만 잠자리에 들 때까지 셔츠의 구김은 펴지지 않았다. 그날 이후 난 구김이 가지 않게 옷을 개고, 수건을 접었다. 이불귀를 반듯하게 맞춰 이불장에 넣었고, 양말을 한 방향으로 나란히 수납했다. 선생님은 마른빨래를 내 앞에 수북이 쌓아주곤 했다. 선생님을 도와 매일 빨래를 개고 수건을 접었기 때문인지 옷 가게 점원 자리를 쉽게 얻을 수 있었다. 그곳에서 생활비를 벌었고 경호와 함께 살던 임대아파트의 관리비를 마련했다. 티셔츠를 개고 옷걸이에 바지를 거는 동안 윤이 생겼다. 윤의 태동을 느끼게 될 즘 경호가 사라졌다. 아니 사라지고 있었다. 경호는 일자리를 찾아 지방으로 가 봐야 한다며 며칠씩 집을 비웠다. 그때까지만 해도 자신이 없는 동안 잘 지내라며 다정한 인사를 건넸다. 사흘이었던 경호의 부재가 열흘이 되고 한 달이 되는 동안 그의 다정한 인사는 가벼운 웃음이 되고 무뚝뚝한 침묵이 되어갔다. 결국 경호는 사라졌다. 스무 살의 우리는 다정한 부부가 될 수 없었고 책임을 다하는 부모도 될 수 없었다. 경호의 부재를 받아들일 무렵 예정일이

다가왔고 옷 가게를 그만둬야 했다.

　제멋대로 흩어져 있는 매대 위 옷가지들을 진열대에 정돈했다. 디자인과 색으로 구분된 옷가지는 정돈되기 전보다 눈에 잘 띄었다.

　"어디서 이런 복덩이가 왔노. 수진 씨는 금손이다, 금손!"

　사장이 호들갑스럽게 진열대를 일별했다. 이불 가게 할머니가 팔짱을 낀 채 매대 앞으로 다가오더니 정리를 잘해 놔 그런지 시장통 옷 같지 않다며 맞장구를 쳤다. 속옷 가게 사장은 자신의 가게 옷도 정리해 달라며 너스레를 떨었다. 사장은 직원을 빼가려는 것이냐며 속옷 가게 사장의 너스레를 웃음으로 받았다. 시장의 오전이 오후를 향해 가고 있었다.

　생선전에서 소란이 벌어진 것은 오후 장사가 시작될 무렵이었다. 시장은 의류와 잡화점 그리고 식품점과 생선전 등이 골목을 경계로 늘어서 있었다. 문도 벽도 없는 시장통에서는 오가는 이들의 말소리와 난전의 흥정 소리가 쉬지 않고 들려왔다. 누군가는 물건값을 깎고 누군가는 덤을 달라며 실랑이를 벌였다. 그런 싱싱한 소리를 밀치고 끼어든 소란의 소리는 시장 사람들의 이목을 집중시켰다.

"매대 넣으세요!"

기준선을 넘은 매대가 문제인 것 같았다. 동선을 확보하기 위해 진열대를 내놓을 수 있는 기준선이 그어져 있었다. 상인 대부분은 그 선을 지키려 노력했다. 하지만 가끔 그 선을 넘어 매대를 내놓거나 난전을 펼치는 이들이 있었다. 사장은 난전에 생선을 내놓아야 하는 상인과 이를 막으려는 안전지킴이 사이에서 실랑이가 벌어진 것이라고 했다.

술렁이는 소리에 매장 사람들이 하나둘 골목으로 모여들었다. 생선전 주인과 안전지킴이 간의 언쟁은 소음으로 바뀌었다. 각자의 말들이 빠르게 오가고, 상인들의 참견이 이어지는 동안 시장을 방문한 사람들은 고개를 기웃거리다 사라졌다. '재래시장 안전지킴이'라 적힌 노란 조끼를 입은 할머니가 삿대질을 해댔다. 그럴 때마다 할머니의 헝클어진 파마머리가 들썩였다. 중년의 생선전 여자는 노인을 향해 언성을 높이면서도 존대를 잊지 않았다. 이불집 할머니는 매대를 넣는 것이 맞는 것 같다고 했다. 하지만 사장은 물이 줄줄 흐르는 난전을 진열대 위로 어떻게 넣겠냐며 눈감아주지 않는 안전지킴이를 향해 눈을 흘겼다.

신발 가게 점원은 의견의 옳고 그름보다 상황을 이해해야 하는 것 같다며 가게로 돌아갔다.

이웃 골목의 실랑이가 정리되고 시장은 다시 흥청거렸다. 매대 앞을 지나는 사람에게 물건을 권하고 손님의 장바구니에 덤이 담겼다. 떨이를 외치는 상인 앞으로 사람들이 모였다. 내일의 행운을 꿈꾸는 상인들이 서둘러 문을 닫았다. 집으로 돌아갈 시간이 다가오고 있었다.

"나는 가 보게. 윤이 오늘 잘 놀았어."

주인 여자가 서둘러 계단을 내려갔다. 높낮이가 다른 층계를 내려가느라 여자의 걸음이 불규칙했다. 주인 여자의 묶음 머리가 문안으로 사라지고 잠시 후 할머니의 거친 목소리가 지붕을 건너왔다. 자신의 신혼 방을 친정엄마에게 내주었던 주인 여자는 시어머니인 할머니의 구박을 온몸으로 받아내고 있는 것 같았다. 할머니는 하루 종일 집에서 무엇을 한 거냐며 따지고 있었다. 주인 여자는 쓰레기 분리수거를 하지 않았고 무를 썰어 놓지 않았다는 이유로 쉬지 않고 지청구를 들었다. 할머니의 드센 음성이 이어지는 동안 주인 여자의 말소리는 한 마디도 들리지 않았다.

집에서 노는 주제인 주인 여자는 심장이 약한 남편의 식사를 챙기고 윤을 달랬을 것이다. 아니 어쩌면 윤을 업고 심장이 약한 남편의 식사를 챙기고 쓰레기를 치웠을 것이다. 그도 아니면 윤이 잠든 사이 손빨래를 위해 대야에 세제를 풀고 삶은 빨랫감을 식혔을지도 모를 일이었다.

윤을 받아 방으로 돌아오는 짧은 시간, 할머니에 의해 허투루 보낸 주인 여자의 하루가 길게 나열되고 있었다. 방으로 들어서자, 옥상에서 빨래를 걷는 할머니가 보였다. 할머니는 '재래시장 안전지킴이'란 글자가 적힌 노란 조끼를 입고 있었다.

나에게 일자리를 알려주던 순간에도 할머니는 노란 조끼 차림이었다. 우리 집 며느리가 새댁 일자리 찾는다고 그러데. 주인 여자와 함께 방으로 찾아온 할머니에게서 향긋한 섬유 유연제 냄새가 났다. 저 아래 시장 옷 가게서 사람 구한다고 우리 어머니가…. 니는 좀 가만 있거라! 할머니가 목소리를 높이자, 주인 여자는 잠든 윤에게로 고개를 돌렸다. 내가 새댁 말 넣어 놨으니까 짬 내서 한번 가 봐. 할머니는 몇 안 남은 이를 보이며 웃었고 주인 여자는 그런 할머니 뒤에서 소리 없이 웃었다.

주인 여자의 조용한 미소가 떠올랐다. 단정하게 묶은 머리는 백발이 무성했지만 이마는 둥글고 반듯했다. 하지만 어쩐지 눈가에 쓸쓸함이 맴도는 것 같았다. 하려던 말을 멈추고 잠시 입을 닫을 때면 눈가에 호젓한 외로움이 담기곤 했다. 어쩌면 주인 여자는 쓸쓸한 낯빛으로 저녁을 준비하고 있을지도 몰랐다. 일정한 간격으로 도마를 두드리는 소리가 먼 듯 가깝게 들렸다. 도심의 불빛이 안개처럼 내리는 밤 할머니의 지청구는 끊어질 듯 이어졌다. 푸근해진 밤바람이 허공을 가르며 지나갔다. 품 가득 빨래를 안은 할머니가 불규칙한 계단을 조심스럽게 내려갔다.

3

윤이 새벽부터 고열에 시달렸다. 해열제를 먹이고 냉수마찰을 해도 열은 쉽게 떨어지지 않았다. 젖은 거즈가 몸에 닿을 때마다 윤은 자지러지게 울었다. 창 너머 바다의 소란스러움이 거슬렸다. 집어등을 밝힌 어선들이 바다를 향해 내달리고 있었다. 엔진소리가 머리를 짓눌렀다. 잠으로 스미려던 윤이 참았던 울음을 터트렸다. 아이를 안고 업기를 반복했다. 그러나 윤은 울음을 멈추지 않았다. 주인 여자의 다정한 얼굴이 나타나 주길 바랐다. 하지만 시간은 새벽 3시였고 주인집은 암흑에 잠긴 채 고요할 뿐이었다.

창밖은 안개처럼 번지는 불빛과 물살을 가르며 수선스럽게 나아가는 배들만 가득한 세상 같았다. 벽을 면한 옆집에서 달그락거리는 소리가 들렸다. 옆집 남자는 얼마 지나지 않아 출근길에 나설 것이다. 잊히지 않을 만큼의 간격을 두고 자동차들이 지나갔다. 새벽길을 걷는 누군가의 발소리가 계단참을 지나고 있었다. 일상의 소리들이 이곳에 사람이 살고 있노라 말해 주는 것 같았다. 그러나 열에 들떠 울고 있는 윤과 나는 5평 남짓한 방에 단절된 듯 놓여 있을 뿐이었다.

얼굴로 달려드는 햇살에 놀라 눈을 떴을 때 윤은 잠들어 있었다. 서둘러 윤의 이마를 짚고 겨드랑이를 문질렀다. 미열이 남아 있는 것 같았다. 좁은 방은 대야와 물수건들로 어지러웠다. 온몸이 내려앉을 듯 무거웠지만 서둘러 해열제 뚜껑을 닫고 체온계를 바구니에 넣었다. 여기저기 널브러진 옷가지들과 이부자리를 정리하고 욕실로 갔다. 흐트러진 머리를 손질하고 핏기 없는 입술에 틴트를 발랐다. 출근 준비가 끝나갈 즘 윤이 뒤척였다. 준비해 둔 우유를 데워 입에 물리자 힘겨운 듯 젖병을 빨았다. 긴 밤 열과 싸워준 윤이 기특했다. 어린 엄마의 미덥지 않은 대처를 견뎌 준 윤의 이마에 입을 맞췄다. 순간 윤의 얼굴에 미소가 지나는 것 같았다. 아니 미소를 머금어 주길 바란 걸까. 미안한 맘이 들었다. 나의 무엇이 아이를 아프게 한 것일까. 코끝이 아렸다. 견디고 기다리는 것 말고는 할 수 있는 것이 없다는 사실이 스무 살의 미혼모라는 사실보다 서글펐다. 미열이 남은 윤의 이마에 눈물이 떨어지지 않게 손바닥으로 눈물을 훔쳤다. 간밤 젖은 수건의 냉기에 놀랐던 윤이 눈물방울에 놀라게 하고 싶지 않아 몇 번이고 얼굴을 문질렀다.

햇살은 등으로 쏟아져 들어왔다. 건너편 옥상에서 인기척이 들렸다. 빨래 터는 소리가 창을 건너왔다. 잠든 윤을 내려놓고 창을 열었다.

"안 늦어? 윤이 자고 있으면 출근해. 빨래만 널고 갈게."

출근을 걱정하는 주인 여자의 환한 미소가 창을 넘어왔다.

"…윤이가 아팠어요, 밤에…."

말을 끝내기도 전에 주인 여자의 눈이 동그래졌다.

마지막 빨래를 넌 여자가 서둘러 철제 계단을 내려갔다. 주인집은 옥탑방 지붕을 옥상으로 쓰고 있었다. 주인 여자가 내 방으로 오기 위해서는 방문 옆에 설치된 철제 계단을 내려가야 하고 뒤이어 시멘트 블록 계단을 내려가야 했다. 그리고 출입문을 나와 도로로 이어지는 높다란 계단을 지나야 했다. 창으로 계단을 오르는 여자의 모습이 보였다. 얼마지 않아 현관문을 두드릴 것이다. 여자가 문을 두드리기 전 현관문을 열었다. 주인 여자의 얼굴이 방으로 들어왔다. 여자의 얼굴에는 화사한 웃음 대신 안타까움과 걱정이 묻어 있었다. 나를 향한 마음이 보이는 것 같아 목이 멨다. 불쑥 솟은 생소한 감정에 놀라 여자로부터 한 걸음 물러섰다. 방으로 들어온 주인 여자는 서둘러 잠든 윤을 안았다.

"윤이 엄마, 걱정 말고 출근해."

여자는 윤에게 눈을 둔 채 서두르라는 듯 손짓했다. 나는 고맙다는 말을 남기고 방을 나와 버스에 올랐다. 멀리 솟은 건물과 산자락이 한눈에 들어왔다. 이대로 사라져 버릴까. 버스와 함께 허공을 날아 어디론가 사라지고 싶었다. 버거운 미혼모를 그만두고 자유롭게 훨훨 어디든 가 버릴 수 있다면…. 갈팡질

꽝하는 마음과 달리 몸은 시장으로 향했다. 약국을 지나고 잡화점을 지나자 도망치고 싶던 마음이 조금씩 가라앉았다. 채소 가게 주인은 부추를 다듬었고 생선전 여자는 고등어 배를 갈라 소금을 뿌렸다. 반찬 가게 아주머니는 양념에 버무린 고들빼기를 대야에 보기 좋게 담았다. 속옷 가게 사장과 이불집 할머니가 이제 나오냐며 인사를 건넸다. 서둘러 가게 문을 열고 조명을 켰다. 가게 깊이 잠겨 있던 어둠이 순식간에 사라졌다. 어제 팔고 남은 옷가지들이 여기저기 널려 있었다. 사장이 아무렇게나 쌓아둔 옷가지들을 정리하기 시작했다. 셔츠의 접힌 카라는 반듯하게, 티셔츠의 솔기와 솔기는 나란히, 허리춤이 비뚤어진 바지는 일자가 되도록 옷걸이에 걸었다. 흔들리던 마음이 조금씩 누그러졌다. 포장용 비닐을 쓰기 좋게 정돈하고서야 시장의 사람들이 보였다.

화장기 없는 얼굴로 가게에 들어서던 사장은 오늘따라 힘이 없어 보인다며 안부를 물었다. 소리 없이 웃었지만, 마음은 어수선했다. 사라지고 싶은 마음과 윤에게로 가고 싶은 마음의 간격이 넓어졌다 좁아졌다 요동쳤다. 손님이 뜸한 오전 시간은 느리게 흘렀다. 간혹 드나드는 손님에게 물건을 권했지만 쉽게 지갑을 열지 않았다. 손님이 떠난 자리의 옷가지를 다시 정리했다.

"윤이 엄마, 오늘 무슨 일 있어?"

붉은색 카디건이 눈부셨다. 하얀 얼굴에 검은 뿔테 안경을 낀 사장은 카디건 앞섶을 여미며 다가왔다. 걱정스러운 얼굴로 내 낯빛을 살피더니 일찍 퇴근하겠냐 물었다. 오후 2시가 다가오고 있었다. 약속된 퇴근 시간은 오후 5시였다. 사장은 머뭇거리는 내게 걱정 말라며 서둘러 퇴근하기를 권했다.

"윤이가 밤새 아팠어요⋯. 신경이 쓰여서⋯."

"애가 아프면 엄마 맘이란 게 그래. 괜히 미안하고 내가 뭐 잘못했나 싶고⋯. 오늘은 평일이라 안 바쁠 거야. 어서 집에 가. 함 씨 할머니 며느리가 윤이 봐준다고?"

대답을 기다리는 물음이 아니란 걸 알았지만 고개를 끄덕였다. 진열대 안쪽에 넣어둔 가방을 꺼내려다 정리해 둔 옷가지를 쏟았다. 옷가지들은 모양도 색상도 뒤죽박죽이 된 채 바닥으로 흩어졌다. 매대를 벗어난 옷가지를 집어 올렸다. 사장은 자신이 정돈할 테니 집으로 돌아가라며 등을 떠밀었다. 바닥의 옷가지를 뒤로한 채 집으로 돌아가는 버스에 올랐다. 윤

곁에 있고 싶었다. 아이 곁에서 체온을 재고 약을 먹이고 싶었다. 주인 여자가 윤과 함께 있지만 그 일은 내 몫이어야 했다.

버스는 정류장마다 정차했다. 규정 속도를 지키는 버스의 움직임이 답답해 창을 열었다. 집과 가까워질수록 조급증이 났다. 택시를 기다리지 못하고 떠나려는 버스에 승차한 순간이 후회스러웠다. 화사한 봄빛이 감도는 도심은 그들만의 세상인 듯했다. 물오른 나무에는 새순이 돋았고 벚나무는 아기 입술 같은 여린 잎을 피웠다. 겨울이 가고 봄이 오고 있었지만, 몸은 한기가 들고 추웠다. 옷깃을 여미고 팔짱을 꼈다. 몸조리를 잘못했나 보다. 손 시린 거 오래가. 주인 여자는 붉게 얼어 있는 내 손을 보며 말했었다. 병원에서 윤을 안고 돌아왔을 때 집은 비어 있었다. 인기척이 사라진 집은 냉동실처럼 차가웠다. 훈기 없는 겨울의 집은 세상 그 어떤 곳보다 추웠다. 서둘러 보일러를 켜고 물을 데웠지만 집은 쉽게 데워지지 않았다. 그날처럼 손이 시렸다. 팔짱을 낀 채 겨드랑이에 손을 비볐다. 버스는 더디고 손은 데워지지 않은 채 자꾸 차가워만 졌다.

버스에서 내려 달리듯 현관문을 열었다. 창으로 스 민 햇살이 잠든 윤의 얼굴을 비추고 있었다. 울다 잠 이 든 것인지 윤은 잠결에도 숨을 몰아쉬며 흐느꼈 다. 채 마르지 않은 눈물이 눈가에 얼룩처럼 번졌다. 주인 여자는 보이지 않았다. 윤은 얼마나 긴 시간 동 안 혼자 있었던 것일까. 가슴이 떨렸다. 버스와 함께 어디로든 사라지고 싶던 순간이 떠올랐다. 무서웠다. 보육원으로 나를 보낸 엄마도 두려웠을까. 흐릿한 기 억 속의 엄마도 나처럼 가슴이 떨렸을까. 잠든 윤을 안았다. 그리고 사라지지 말아야겠다고 생각했다. 혼 자서는 눈물을 닦을 수도, 젖은 기저귀를 갈 수도 없 는 작고 여린 윤을 두고 사라지는 일은 없을 거라고 다짐했다.

주인 여자는 어디로 간 것일까. 열에 시달리던 윤 을 혼자 두고 사라진 주인 여자의 흔적을 찾을 수 없 었다. 집에서 노는 주제인 여자는 핸드폰이 없었다. 심장이 약한 주인 남자의 핸드폰 번호와 할머니 전화 번호는 내 핸드폰에 저장되 있지 않았다. 이대로 주 인 여자를 기다려야 하는 걸까. 왜 윤을 혼자 두고 사 라진 것인지 묻기 위해 주인 여자를 기다려야 할 것 같았다.

저녁이 멀었기 때문인지 옆집에서도, 계단 끝 붉은 벽돌집에서도 인기척이 느껴지지 않았다. 품에 안긴 윤은 여전히 잠에 빠져 있었다. 입술을 윤의 이마에 댔다. 미열이 사라지고 기분 좋은 온기만 느껴졌다. 윤 스스로 열을 이겨낸 것 같아 대견한 생각이 들었다. 나도 모르게 미소가 지어졌다. 혼자 남겨진 시간을 견뎌줘 고마웠다. 긴장이 풀리면서 눈이 감겼다. 흐트러진 이부자리를 정돈하고 윤과 함께 누웠다. 창 너머로 불을 밝힌 어선이 보였다. 출항을 준비하는 어선의 집어등이 또 다른 태양처럼 강렬하게 빛났다. 눈앞의 하늘에 어둠이 시작되고 있었다.

현관문 두드리는 소리에 눈을 떴다. 블라인드를 내리지 않아 방이 환했다. 계단을 비추는 가로등 불이 달빛처럼 방 안을 비췄다. 윤이 엄마. 나야 아랫집. 주인 여자는 다급하게 현관문을 두드렸다. 윤을 이불로 여민 뒤 현관문을 열었다. 주인 여자 뒤로 버스가 지나갔다. 황급하게 방으로 들어선 여자가 서둘러 문을 닫았다.

"윤이 잘 있지. 미안해 윤이 엄마. 우리 시어머니가 돌아가셨어. 주무시는 줄 알았는데⋯."

뱃고동 소리가 길게 울렸다.

"119가 와서 병원에 갔는데⋯."

주인 여자의 미안함이 고스란히 전해져 왔다. 여자
는 전화번호를 못 외운 자신을 원망했다.

"윤이 잘 자고 있었어요⋯. 아줌마⋯. 미안해하지
마세요⋯. 누구나 그래요. 가족도 아닌데 핸드폰 번
호를 어떻게 외워요⋯."

그래 가족도 아닌데 싶었다.

쓰러진 할머니를 발견한 주인 남자는 119와 함께
여자를 불렀고 여자는 의식 잃은 할머니와 함께 병원
까지 간 거였다. 여자는 구급차에 앉아 윤을 걱정했
을 것이다. 남자는 내 전화번호를 가지고 있지 않다
며 난처해했는지 모른다. 그들의 난처함이 나의 서운
함에 미안할 필요는 없었다. 내가 윤은 잘 자고 있었
노라 말하며 위로를 건네자, 주인 여자는 참았던 눈
물을 쏟았다.

"⋯우리 어머니 어떡해. 불쌍해서⋯."

집에서 노는 주제인 주인 여자의 눈물이 쓸쓸해
보였다. 주인 여자는 어떻게 할머니를 향해 저리도 애
인한 마음을 가질 수 있는 걸까. 매일 지청구를 들어
야 했던 주인 여자의 눈물이 당황스러웠다. 그러고
보면 늘 그랬다. 영화에서든 드라마에서든 부모를 향

한 자식의 안쓰러운 마음을 만날 때마다 어색했다. 한 번도 경험해 보지 못한 감정을 이해할 수 없었다. 그리고 난 그런 마음을 알 수 없는 존재란 생각이 들었다. 부모를 가진 자식만이 알 수 있는 애틋한 마음. 그런 감정을 알 수 없는 내가 슬펐다. 시어머니의 죽음이 안타까워 쓸쓸하게 눈물 흘리는 주인 여자가 부러웠다.

"우리 부부랑 친정엄마까지 우리 어머니한테 얹혀 살았어…. 병든 친정엄마 혼자 두지 말고 모셔 오라고 한 것도 우리 어머니셔…. 우리 어머니… 공공근로로 번 돈으로 우릴 먹여 살렸어…. 내가 미안해서…. 할 줄 아는 게 아무것도 없는 내가 너무 미안해서…."

쓸쓸함은 사과의 말과 함께 눈물이 되어 흐르는 것 같았다. 할 수 있는 것이 아무것도 없다는 여자는, 자신이 할머니를 공공근로로 내몰기라도 한 것처럼 사과의 말을 쏟아냈다. 집에서 노는 주제인 주인 여자의 미안한 마음이 안쓰러웠다.

"…빨래 잘하세요. … 아주머니처럼 빨래를 잘하는 사람은 없을 거예요. 아무것도 할 수 없는 사람이 아니라…."

이곳으로 온 뒤 매일같이 흰 빨래가 바닷바람을

맞으며 말라가는 것을 보았다. 빨랫줄에 매달린 빨래는 이곳이 사람이 사는 곳이라 말해 주는 것 같았다. 주인 여자는 다림질이 필요 없을 만큼 반듯하게 빨래를 펴 널었다. 아침 일찍 빨래를 널고 해 지기 전 빨래를 걷는 여자의 표정은 매 순간 진지했다. 가족의 청결을 위해 빨래를 하고, 먼지를 털어내던 주인 여자는 잠시 울음을 멈추고 잠든 윤을 내려다봤다.

"우리 어머니한테도, 윤이한테도 내가 미안하네…."

장례식장은 조용했다. 주인 여자 부부와 그들의 자녀, 형인지 동생인지 모를 남자의 부부. 그리고 내 방과 벽을 맞댄 벽돌집 할머니가 전부였다. 육십 년을 이웃으로 살았어. 그런데 이리 먼저 가? 옆집 할머니의 눈물 없는 인사말이 좁은 빈소를 채웠다. 옆집 할머니의 조문이 끝나자, 빈소는 다시 조용해졌다. 주인 여자는 내게 자리를 권했다. 사장이 부탁한 조의금을 부의함에 넣고 윤을 감싸고 있는 어깨띠를 풀었다. 여자는 내게서 윤을 받아 안았다. 힘들게 뭣 하러 왔냐 물었지만, 윤을 바라보는 눈길이 따뜻했다. 심장이 약한 주인 남자는 상복 차림으로 접객실 구석에 누워 있었다. 여자의 딸로 보이는 이들이 남자 곁에 앉아 핸드폰을 들여다보고 있었다.

"장례 끝나고부터는 윤이 우리 집에 데려와서 봐줄게. 윤이 엄마는 걱정 말고 일 봐."

팔순의 망자와 생을 시작한 지 사 개월도 되지 않는 신생아가 한 공간에 있었다. 망자를 떠나보내야하는 주인 여자가 윤의 생을 위하겠노라 말하는 듯했다. 소리 하나 없는 지하 장례식장이 조금씩 따뜻해지는 것 같았다.

"여기 상 하나 내주라."

주인 여자가 딸을 불렀다. 육개장이 내 앞에 놓였다. 밥을 떠 국에 말아 입으로 가져갔다. 배가 고프지 않았다고 생각했는데 허기가 졌던 모양이었다. 밥알이 목으로 넘어가기 무섭게 수저 가득 밥알을 퍼 올렸다. 수육에 새우젓을 올리고 김치를 곁들였다. 이곳으로 이사 온 뒤 처음으로 맛난 밥을 먹었다.

4

비가 내리기 시작했다. 옥상의 빨래가 바람에 흔들렸다. 앞집 옥상으로 가봐야 할 것 같았다. 현관문을 열자, 빗물받이에 비 떨어지는 소리가 요란했다. 서둘러 계단을 내려갔다. 여기저기 나무를 덧댄 대문을 열었다. 삐걱거리는 대문 안으로 들어서자, 쪽마루가 나타났다. 대문과 방문 사이 그 좁은 공간에 자리 잡은 쪽마루는 먼지 한 톨 없이 반들거렸다. 마루에 붙은 계단을 따라 올라가자, 옥탑방이 나타났다. 주인 여자가 매일 먼지를 쓸어내던 옥탑방 앞마당은 용도에 맞는 이름을 얻은 것에 불과해 보였다. 마당이라 하기엔 너무 좁았고 현관이라 하기엔 마당 같았다. 마당에서 옥상으로 이어지는 계단 위로 올라서자, 내 방 냉장고 상단이 보였다. 주인 여자는 매일 아침 내 방 냉장고 상단을 바라보며 인사를 건넨 거였다. 잠시 잦아들었던 빗방울이 다시 쏟아지기 시작했다. 서둘러 빨래를 걷었다. 기분 좋은 섬유유연제 냄새가 옥상 가득 번졌다. 장례를 준비하느라 바빴던 주인 여자가 미처 걷지 못한 빨래는 지난밤 빨랫줄에 매달려 있었을 것이다. 햇살에 말랐다 다시 비에 젖은 빨래는 조금 눅눅했지만, 정리할 정도는 될 것 같았다.

잠든 윤을 곁에 눕혀 두고 주인 여자가 널어 둔 빨래를 갰다. 솔기가 낡은 수건 두어 장, 발목 짧은 흰양말, 주인 남자 것으로 보이는 티셔츠, 유행 지난 바지와 올 풀린 목장갑까지 빨래들은 제 색으로 말라 있었다. 손빨래에서만 느낄 수 있는 촉감이 느껴졌다. 주인 여자는 쪽마루 뒤 좁은 수도간에 쪼그려 앉아 빨래했을 것이다. 까슬한 수건 위에 흰 양말을 올리고 티셔츠와 바지를 나란히 겹쳐 주인집으로 갔다.

쪽마루를 손으로 짚은 채 방문을 열었다. 기울어진 천장 아래 가족사진이 보였다. 젊은 날의 할머니 사진 옆에 주인 여자와 주인 남자의 결혼사진이 나란히 걸려 있었다. 사진 속 주인 여자는 쌍꺼풀 짙은 큰 눈을 하고 있었고 할머니를 닮은 주인 남자는 무표정했지만 어딘지 모르게 행복해 보였다. 부부의 아이들로 보이는 어린이들이 환하게 웃는 사진과 남자의 형제로 보이는 사람들의 어느 하루가 나란히 걸려 그들이 가족임을 말해주고 있었다. 빨랫감을 방 안에 밀어 넣고 방문을 닫으려다 말고 다시 고개를 돌렸다. 문득 사진 속 사람들 곁에 나란히 선 나와 윤을 상상해 보았다. 내가 그들 곁으로 한 발짝 다가선 것 같아 마음 한 곳이 촉촉해졌다.

Lucky

종섭이 놀라 눈을 떴을 땐 이미 사위가 어두워진 뒤였다. 잠시 눈을 붙이려 했던 것인데 잠이 들었던 모양이었다. 벚꽃이 피기 시작했지만 기온은 찼다. 아침저녁으로는 코끝이 시릴 정도였다. 바람은 계절이 바뀔 때마다 불었지만 최근 들어서는 태풍급의 강도로 골짜기를 흔들었다. 산에서 시작된 바람이 골을 타고 불어대는 통에 산벚꽃이 마른 종이처럼 흩날렸다. 며칠째 불고 있는 바람은 잦아들기는커녕 강도를 더해만 갔다. 종섭은 뭔 날씨가 이 모양인가 생각하며 머리맡에 벗어둔 잠바를 입었다. 쪽창이 파르르 떨리더니 보일러가 돌아가기 시작했다. 보일러는 하마처럼 기름을 먹었다.

집의 위치를 알려주겠다며 동행한 한 씨는 비워둔 집이라 웃풍이 있을 거라 했다. 집이란 게 희한해. 주인 떠나는 걸 귀신같이 알아. 한 씨는 처마 밑에 드리운 거미줄을 걷으며 연신 떠들었다. 사람이 저를 버린 걸 알면 집이 낡아. 사람 시름시름 아프듯이 집이 아파. 그러니 틈이 들뜨고 그 틈으로 바람도 들고 그래…. 그날 한 씨가 떠들던 말을 이해한 것은, 보름이 못 돼 바닥난 보일러 기름통을 다시 채우고 나서였다. 종섭은 한 씨가 말한 웃풍이 기름을 많이 쓰게 될 것이란 의미임을 그제야 알아차렸다. 고향으로 돌아오고도 오랫동안 이곳저곳을 떠돌던 종섭에겐 누군가로부터 버림받아 낡아버린 집일지언정 고맙고 소중한 것이었다. 하지만 짐을 옮기고 한 달이 못 돼 보일러 기름을 다시 채우고 보니 서울에서 전기세를 줄이려 애썼던 때와 별반 다르지 않다는 생각에 입이 썼다.

십칠 년 전, 종섭이 서울을 떠나기로 한 것은 더 이상 머물 곳이 없어서였기도 했지만 더 이상 그곳에 머물고 싶지 않았기 때문이기도 했다. 세상이라는 규격에 자신을 맞출 수 없었던 종섭은 떠밀리 듯 서울을 떠나야 했던 거였다. 사람 살 곳 아니란 소리를 입버릇처럼 하던 철공소 사장은 종섭이 건넨 마지막 인사를 아쉽게 받았다. 그러면서 말을 맺지 못했다. 잘 가. 어디서든 잘 살고, 여기보단 낫겠지…. 악수를 청하던 사장의 손은 쇠먼지가 껴 검었다.

사장은 일자리를 얻기 위해 철공소를 찾은 종섭을 선뜻 받아주었다. 사십 줄에 들어선 나이에 일을 찾기란 쉽지 않았다. 요즘은 이 일 배우려는 젊은이가 없어요. 그러니 김 씨 정도 나이면 젊은 축이지. 눈만 잘 보이면 돼. 나야 돋보기 끼고 선반 앞에 앉지만. 김 씨는 그래도 돋보기는 안 낄 것 아니요? 사장이 이를 보이며 웃었다. 사장의 웃음을 지켜보던 종섭은 자신이 돋보기를 끼지 않아 일자리를 얻게 된 것 같다는 생각이 들었다. 그 나이에 기계 밥 먹겠다고 찾아온 걸 보면 그쪽도 사는 게 녹록지 않았던 모양이지? 홀아비 티가 나더라고. 철공소 인근 쪽방촌에서 혼자 살고 있다는 종섭의 말에 사장은 그럴 것 같았다며 고개를 주억거렸다. 출근 첫날 저녁 김치찌개에 소주잔을 기울이던 사장이 종섭에게 물었다. 어찌, 혼잔 거야? 종섭은 받아 든 술잔을 내려다봤다. 잔은 한 모금이면 사라질 만큼의 술을 품고 있었다.

고향은 산골이었다. 막내란 것이 부모의 재산을 물려받지 못할 수 있는 존재란 것을 알기도 전에 부모님이 돌아가셨다. 일곱 명의 형제는 각자 살기에 바빴다. 종섭은 중학교 졸업식 다음 날 서울로 가는 버스에 올랐다. 맏형의 친구가 운영한다는 봉제 공장이 종섭의 일자리였다. 형의 친구는 낙산 언덕 모퉁이에 재봉틀 한 대를 놓고 재단 공장을 운영하고 있었다. 종섭은 그곳에서 이 년 동안 원단을 나르고 실밥을 뗐다. 딱히 기술을 배울 수 없었던 것은 종섭이 기술을 배워야 할 만큼 일이 많지 않았기 때문이었다. 다리미 기술자인 사장과 재봉틀 기술자인 사모만으로도 물량을 감당하기에 충분했다. 그나마 다행인 것은 공장 다락방을 숙소로 쓸 수 있었다는 거였다. 다락방에서 섬유 먼지와 추위를 견뎠지만, 공장은 쇠퇴해 갔다. 일감이 줄어 반나절 근무가 늘더니 급기야 사장은 공장 문을 닫았다. 작업대와 재봉틀이 고물상으로 실려 나가던 날 종섭은 고향으로 가기 위해 용산역으로 가야만 했다.

다시 고향으로 돌아갔을 때 셋째 형은 농사일을 거들 거면 자신의 집 아래채에 머물러도 좋다고 했다. 셋째 형은 첫째 형이 죽고 둘째 형이 땅을 팔아 서울로 가 버린 뒤 얼마 남지 않은 논과 밭을 일구고 있었다. 하지만 종섭은 자신이 농번기에는 필요한 일손이지만 농한기에는 덜어내야 할 입이 되고 만다는 사실을 깨달았다. 결국 농번기에는 형의 집 아래채에 기거하며 농사일을 돕고 농한기가 되면 서울로 가 날품을 팔며 쪽방촌에 머물렀다. 그렇게 고향과 도시를 오가는 동안 셋째 형마저 세상을 떠나고 형수는 남은 땅을 팔아 조카들과 함께 친정으로 떠났다. 셋째 형 집이 낯선 이에게 팔린 뒤 종섭은 서울의 쪽방촌으로 완전히 거처를 옮겨야 했다.

종섭은 이곳저곳을 떠돌았던 자신의 지난 시간에 대해 주절거리다 들고 있던 잔을 비웠다. 자네도 이래저래 고생이 많았구먼. 그래도 이리 살아내고 있으니 그게 어딘가…. 사실 나도 이 일을 얼마나 더 할지 모르겠어. 여기도 재개발이다, 뭐다 해서 비워야 한다는 말이 나오긴 해. 재개발지를 누가 정하는지도 모르고 몰려나야 하니 한심한 노릇이지. 그때까지만이라도 버텨보자 싶어 김 씨를 받은 건데…. 아무튼 같이 일해 보자고. 한 치 앞도 모르는 인생산데 일이 년 앞 생각해 뭐 해. 내일부터 일 시작하는 걸로 하세나. 그럼, 내일 보세. 사장의 굽은 등이 가로등 아래로 멀어졌다.

그날 밤 쪽방으로 돌아온 종섭은 냉기 가득한 방

에 몸을 뉘었다. 전기장판 이외에 달리 난방 장치가 없는 방이다 보니 전기장판의 온기는 몸으로 느끼기 전에 사라져 버렸다. 이불 두 개를 겹쳐 덮고도 추위에 몸이 떨렸다. 아릿한 술기운도 추위를 이기지 못했다. 추위에 못 이겨 눈을 떴을 땐 아침이 시작되고 있었다. 종섭은 늦지 않게 철공소로 갔다. 사장은 셔터를 올리며 종섭을 맞았다.

시골집의 웃풍은 가끔 십칠 년 전 서울 생활을 떠올리게 했다. 종섭은 서둘러 아래채 아궁이에 불을 넣었다. 낙산의 다락방과 용산의 쪽방촌에서는 추위를 오롯이 견뎌야 했지만, 시골은 나름의 대안을 찾을 수 있었다. 새삼스럽게 구들 놓기를 잘했다 싶었다. 이사 온 이듬해 기름값을 아낄 마음으로 마당 귀퉁이에 두 평 남짓한 구들방을 놓았던 거였다. 겨울이면 구들방이 요긴했다. 산에 널린 나뭇가지를 주워다 아궁이에 불을 넣으면 온몸이 녹아내릴 듯 행복한 온기를 느낄 수 있었다. 아궁이에 불쏘시개를 넣고 불을 붙였다. 건조한 날씨 때문인지 불씨가 닿기 무섭게 불이 일었다. 연기에 눈이 매웠다. 한쪽 눈을 감은 채 아궁이에 장작을 밀어 넣을 때 핸드폰 문자가 울렸다.

재난 문자였다. 산 너머에서 시작된 불이 빠른 바람을 타고 번지고 있으니 주의하라는 내용이었다. 불은 도 경계를 넘어 번지는 중이라고 했다. 모 문중 제각에서 시작된 불이 산불로 번지기 시작한 것은 이틀 전이었다. 이틀 전 회관에 모인 마을 사람들은, 삼선 국회의원의 문중 제각이 완성되었을 때 기뻐했던 인근 마을 주민들이 불이 나니 한숨만 뱉어내는 중이라고 떠들어 댔다. 그들의 행태를 비꼬던 마을 사람들도 지금은 산불이 우리 동네로 오는 것은 아닐까 하는 걱정에 사로잡혀 있었다. 이틀 동안 TV와 핸드폰은 산불 상황을 다급하게 전했다. 실화로 시작된 불이 이 산 저 산 옮겨 다니며 재난을 만드는 상황이었다. 종섭은 서둘러 아궁이에 장작을 밀어 넣고 방으로 돌아갔다.

TV 채널마다 산불 뉴스를 내보내고 있었다. 산불 상황을 보도하는 기자의 긴장된 얼굴이 화면을 채웠다. 제 뒤로 보시면 불이 빠른 속도로 번지고 있는 것을 알 수 있을 텐데요, 소방대원들이 최선을 다하고 있지만 거센 바람 탓에, 진화에 어려움을 겪고 있습니다. 산불이 발생한 지역에 계신 분들은 신속하게 대피하시기 바라며, 계속해서 발표되는 특보 상황에 귀 기울여 주시기 바랍니다. TV 화면은 산기슭으로 번지는 화선을 비췄다. 타오르는 불줄기로 산의 능선이 선명하게 드러났다. 어둠이 짙은 먼 산자락의 화선은 붉은 줄을 풀어 놓은 듯 끝없이 이어졌다. 종섭은 TV 채널을 넘겼다. 또 다른 채널은 무섭게 솟구치는 불기둥을 내보내고 있었다. 칠흑같이 어두운 산 중턱에서 폭탄이 터지듯 불꽃이 일더니 불기둥과 함께 솟아오른 불더미가 맞은편 산자락으로 옮겨붙었다. 종섭은 순간 가슴이 떨렸다. 기억 언저리에 묻어 두었던 화재 사건이 순식간에 머리를 채웠다.

불기둥이 망루 위로 솟아올랐을 때는 이미 걷잡을 수 없는 상황이었다. 경찰이 진화에 나섰지만, 화염은 미친 듯이 타올랐다. 불길이 꺼진 것은 불이 나고 30여 분이 지난 때였다. 아수라장이 된 현장에서 부상자들이 실려 나왔다. 경찰이 분주히 오가던 그때 종섭은 인력사무소에서 함께 왔던 동료를 찾았지만 보이지 않았다. 용역업체 반장은 현장 인근에 대기하고 있으면 작업할 내용을 알려주겠다고 했다. 동료와 종섭은 반장이 지정해 준 자리로 가 작업에 투입될 때

를 기다렸다. 내가 이런 일 해 봐서 아는데, 뭐 별것
없어요. 저 위에서 농성하는 사람들 내려오고 나면
철거가 시작되는데 그때 이것저것 걷어다 차에 실어
주면 돼. 김 씨는 이런 일 처음인가? 동료는 추위를
이기려는 듯 어깨를 움츠린 채 고갯짓을 해가며 설명
을 늘어놓았다. 그랬던 동료가 사라지고 없어 종섭은
난감했다. 사라진 동료처럼 자신도 자리를 뜨면 되는
것인지, 아니면 사고 현장이 수습될 때를 기다려 주
어진 일을 해야 하는 것인지 판단이 서지 않았다. 단
순 잡무라도 일당만 나오면 좋겠다는 생각으로 나선
길이었다. 그런데 사고가 발생하고 사람들이 죽어 나
가는 것을 보니 종섭은 어찌할 바를 몰랐다.

  사람들의 비명과 타오르던 불길 그리고 허공에서
흔들리던 망루. 잊었다고 생각한 그날이 TV 화면 위
로 떠오르자, 종섭은 자기도 모르게 진저리를 쳤다.
먼발치서 바라봤을 뿐인데도 옥상의 화염은 공포스
러웠다. 산불이 번지는 화면을 보자 그날의 불길과
연기 그리고 쏟아지는 물줄기가 생각나 속이 시렸다.
  종섭은 어수선한 마음을 다잡으며 마당으로 나섰
다. 바람이 마당을 휩쓸고 지나갔다. 집 뒤 능선은 여

전히 어둠에 묻혀 있었다. 요란한 경보음이 다시 울렸다. 산불 발생 지역 주민들은 재난 상황에 철저하게 대비하라는 내용이었다. 종섭은 문자를 확인한 뒤 방으로 돌아갔다. TV에서는 산불 전문가들이 나와 지금의 상황을 설명하고 있었다. 그들은 건조한 날씨니, 태풍급 바람이니 하는 말들로 현재 상황을 진단했다. 종섭은 일몰 후 산불 진화용 헬기가 뜨지 못해 문제라는 원론적인 이야기를 들으며 혀를 찼다. 그러니 어쩌면 되는지를 알려야 할 전문가들은 앵무새처럼 같은 말만 반복하고 있었다.

종섭은 다시 마당으로 나왔다. 먼 산에서부터 시작된 바람이 지붕을 훑었다. 마당에는 순식간에 먼지 바람이 일었다. 어스름 어둠 사이로 집 뒤 능선이 보였다. 검은 실루엣의 능선은 아무 일 없다는 듯 서 있었다. 능선 너머의 상황을 알 수 없는 종섭은 마음이 무거웠다. 자신이 앞으로 닥칠 일 따위를 알 수 없는 힘 없는 존재란 생각이 들어서였다. 보이지 않는 화마가 산 능선을 넘어 달려오고 있는 것은 아닌지 걱정스러웠다. 종섭은 집 뒤 능선을 향해 고개를 빼 올렸다. 그러다 다시 방으로 돌아갔다. TV 화면 아래로 산불 대피요령을 알리는 문자가 흘러갔다.

'산불 발생 시 119 또는 112에 신고하고, 바람을 등지고 산보다 낮은 곳으로 이동해야 합니다. 대피 시에는 젖은 수건으로 코와 입을 가려 연기 흡입을 최소화해야 합니다. 또한, 대피 안내 방송이나 휴대폰 등을 통해 주변 사람들에게 위험 상황을 알리고, 지정된 대피 장소로 대피해야 합니다.'

종섭은 빠르게 흘러가는 문자를 확인하며 눈살을 찌푸렸다. 이미 산불은 발생했고 거센 바람을 타고 번지는 중인데 불을 피하는 방법만 알려주는 것 같아 짜증이 났다. 안내 문자가 줄줄이 지나고 있는 화면에서는 불타고 있는 집들이 보였다. 불티가 바람에 날리고 집을 삼킨 불길이 춤을 췄다. 종섭은 눈앞이 캄캄했다. 편히 몸을 누일 수 있는 집을 얻은 지 얼마 되지 않았는데, 싶어 마음이 급했다. 산불 현장의 기자는 연신 다급한 목소리로 현장 상황을 알렸다. 가옥 수십 채가 불에 탔지만, 문화재로 지정된 사찰 건물은 무사하다는 내용이었다. 문화재 건물에 방수포를 덮고 물을 끼얹어 화마를 피할 수 있었다는 거였다. 종섭은 문득 창고 안의 호스가 떠올랐다. 서둘러 창고로 갔다. 뒷밭에 물을 주기 위해 사 둔 호스가 이렇게 요긴하게 쓰일 줄을 몰랐다. 어쩌면 화마로부터 집을 구할 수 있겠다 싶어 호스 뭉치를 집어 든 손이 떨렸다. 종섭은 서둘러 호스를 마당 수도로 끌고 나갔다. 포장을 뜯고 호스를 펼친 뒤 호스 입구를 그러잡고 수도꼭지에 꽂았다. 그러나 호스는 꼭지 앞에서 미끄러지기만 할 뿐 꽂히지 않았다. 다시 힘을 주어 수도꼭지에 호스를 끼워 보았지만 몇 번인가 비켜나더니 이내 호스 입구가 찢어졌다. 일반적인 호스는 내경 16밀리 규격으로 생산되었다. 호스 넓이는 수도꼭지 크기로 결정되는 거라고 했다. 철공소 사장은 세상 모든 배관의 규격은 표준화되어 있기 때문에 그 표준에 따르기만 한다면 모든 종류의 가공 작업이 가능한 것이라며 표준이라는 기준의 편리성을 높이 샀다. 하지만 종섭은 수도꼭지에 맞지 않은 호스를 보며 누군가가 정해 둔 표준이라는 것이 얼마나 안일한가 하는 생각이 들었다. 경제적이고 효율적인 표준 규격을 결정한 것은 미국의 어느 단체라고 했다. 미국의 누군가가 결정한 그 규격이라는 것 때문에 종섭은 집을 잃을지 모른다는 생각이 들어 가슴이 답답했다. 수도꼭지에 호스를 꽂을 수 없다면 45미터짜리 호스는 무용지물이 되고 마는 거였다. 입구가 찢어진 채 바닥에 너부러진 호스는 마치 세상이라는 규격에 맞지 않아 서울을 떠나야 했던 자신처럼 처량해 보였다. 문득 규격에 맞지 않는 호스를 사 온 자신의 실수를 만회하고 싶었다. 종섭은 찢어진 부분을 가위로 잘라내고 다시 호스 입구를 수도꼭지에 꽂아보았다. 헛수고였다. 바람에 손이 시렸다. 그 순간 방 안에 던져둔 전화가 울렸다. 호스를 수도꼭지에 꽂으려 힘을 준 때문인지 손이 파들거려 통화 버튼을 누를 수 없었다. 전화를 걸어 온 이는 이장이었다. 어렵게 통화 버튼을 누르자 이장이 다급하게 말을 이었다.

"김 씨. 아랫마을 학교로 와. 불이 삼정리까지 왔대!"

"그럼 아직 여유가 좀 있네요? 늦지 않게 갈게요."

"바람이 영 거세. 그러니 서둘러. 불티가 도깨비처럼 날아다녀서 당최 감을 못 잡는대. 군에서 난리가 아니야."

"예! 먼저들 가셔요. 저도 곧 따라갈게요."

종섭은 서둘러 전화를 끊었다. 혼자 살아가는 사람은 없다는 걸 이곳에서 깨달았다. 마을 이장과 부녀회장은 산 중턱 외딴집에 살고 있는 종섭을 잊지 않고 챙겼다. 종섭은 새삼 그들의 마음이 느껴져 콧날이 시큰했다.

철공소 일을 시작하고 1년이 못 돼 사장은 폐업을 고민 중이라고 했다. 아들에 며느리까지 건사해야 하는데…. 사장은 아들이 망루에서 쏟아져 내리는 불길로 화상을 입었다고 했다. 친구랑 동업을 시작했다고 하더라고. 며느리가 계산대를 담당하고 친구랑 아들 녀석은 닭을 튀기고 배달도 했지. 사장은 아들이 화상으로 병원 신세를 지고 있다며 헛헛하게 웃었다. 친구와 함께 재개발 구역에서 닭집을 운영하던 사장 아들은 강제 철거 과정에서 화재가 발생했던 그때, 망루 위의 친구를 구하려다 화상을 입었다고 했다. 잠시 말을 멈췄던 사장은 벚꽃잎이 굴러다니는 아스팔트를 바라보았다. 그러니 내가 벌어야 하는데…. 사정이 영 그러네…. 우리 일이라는 게 공정이 있어. 자네도 밀링 공장에 우리 물건 주문 넣어봤지? 우리 같은 영세 철공소들은 한 번에 전 공정을 작업해 낼 수 없잖아. 기계값이 어디 한두 푼이야. 그러니 이웃해 있는 공장이 각자 공정을 주고받으면서 먹고사는데, 재개발로 뒤숭숭하니 공장들이 골목을 떠나는 모양이야. 사장은 먼지 앉은 선반 기계를 눈으로 훑었다. 그러니 어쩌겠어. 우리도 다른 살길을 찾아야지. 철공소 앞으로 오토바이가 지나갔다.

떨어져 내렸던 꽃잎이 오토바이 바퀴에 깔려 짓이겨졌다. 자네는 고향으로 갈 거라고? 사장의 선한 눈이 종섭을 향했다. 종섭은 그저 고개만 끄덕였다. 이 동네서 그 난리가 나고도 내가 여기를 안 떠난 것은…. 오기가 생기더라고. 사장은 화재 사고를 떠올렸는지 말을 잠시 접었다. 가라면 가고 오라면 와야 하는 건가 싶더라고. 아들놈 그 모양 된 걸 보면서 그냥 나가떨어지기 싫데. 평생 이 골목에서 기계 밥 먹던 내가 저것들이 나가란다고 나가나 두고 봐라, 했지. 자네도 그날 봤다면서? 사고가 발생한 그날 종섭은 일당을 받지 못해 빈손으로 돌아가야 했다. 좁은 방 한 곳을 차지하고 있던 TV는 종일 사고 현장을 보여주고 있었다. 종섭은 마른입을 다시는 사장을 보며 말없이 고개만 주억거렸다. 기술이라도 좀 알려주고 싶었는데, 그러면 뭘 하나 싶더라고. 있던 공장도 문을 닫는데, 이제 와서 새로 시작한다는 게 무슨 의미인가 싶고…. 종섭은 떠돌던 자신을 받아준 것만으로도 고마웠다. 자네 편하게 해. 나야 언제든 괜찮으니 마음 편히 가도 돼. 종섭은 사장의 말을 듣고만 있었다. 아무도 기다려 주지 않지만 그래도 갈 곳은 고향밖에 없었다. 나고 자란 곳이니 몸 하나 누일 자리 없을까 싶었다. 종섭이 마지막 인사를 건네던 날 사장은 금일봉을 내밀더니 편히 잘 살라며 손을 잡았다. 누군가 결정해 둔 규격 안에 사장의 손 같은 것이 포함돼 있다면 얼마나 좋을까 싶었다. 종섭은 사장의 마음이 고마워 봉투를 사양했다. 그러나 사장은 사람이 사람을 대하는 최소한의 마음이니 받아두라며 고집스럽게 봉투를 건넸다.

서울을 떠나던 날 종섭이 철공소에 다시 들렀지만, 철공소는 셔터가 내려진 채 아무도 없었다. 이웃한 밀링 공장과 바랠 공장도 셔터를 내린 채였다. 종섭은 용산역까지 이어진 길을 걸었다. 철공소 골목을 지나는 동안 문을 연 공장들이 간혹 눈에 띄었다. 하지만 공장들은 문을 열어뒀을 뿐 작업을 하고 있지는 않았다. 철공소 골목에서 멀찍이 떨어진 화재 사고 현장은 가림막으로 가려져 아무것도 보이지 않았다.

종섭은 잠시 사고 현장의 가림막을 바라보다 역사 안으로 갔다. 역사 안에는 어딘가로 떠나거나 서울로 돌아오는 이들이 제 갈 길을 찾아 바삐 움직이고 있었다. 누군가 가야 할 방향을 정해놓기라도 한 것처럼 오가는 이들의 얼굴은 무심했다.

그렇게 서울을 떠나온 거였다. 종섭은 코가 매웠다. 어쩔 수 없는 것들에 휘둘려 살아야 했던 시간이 억울하고 서운했다. 임시직이거나 일일 노동자였던 자신이 고향에 버려진 집을 가지게 된 지 이제 겨우 삼 년 남짓 지났을 뿐이었다. 고향에 내려온 뒤에도 일자리를 따라 이리저리 떠돌다 빈집 활성화 정책 덕에 겨우 들어앉게 된 집인데 산불이라니. 종섭은 맘 편히 살게 될 줄 알았던 집을 잃을지도 모르는 상황에 놓였다 싶어 맥이 풀렸다.

이런저런 궁리를 하던 종섭은 창고에서 고무줄을 찾아냈다. 호스 입구를 가위로 잘라 살짝 벌린 다음 수도꼭지에 일부분만 꽂은 채 고무줄로 단단히 묶었다. 종섭은 수도꼭지에 매달린 호스가 수압을 견뎌주길 바라며 수도꼭지를 열었다. 호스 안으로 물이 스미나 싶더니 호스는 고무줄을 매단 채 수도꼭지 아래로 빠져버렸다. 수도꼭지를 벗어난 물은 마당을 적시며 흘러내렸다. 조그마한 수도관 안에 가득 들어 있는 물을 소용에 닿도록 쓸 수 없다는 사실이 종섭을 허탈하게 했다. 어쩔 수 없이 호스를 접어야 할 것 같았다. 그때 주머니에 넣어둔 전화가 울렸다. 문자는 재난 지역 사람들의 대피를 권고하고 있었다. 서둘러 호스를 접었다. 순간 바람이 몰아쳤다. 종섭은 바람 반대 방향으로 몸을 틀었다. 지붕 옆을 지나는 전선이 기괴한 소리를 내며 울었다. 바람이 잦아들기를 기다려 다시 호스를 감아 창고에 넣었다. 그리고 집 앞 언덕으로 올라갔다. 가로등 불빛이 산 중턱을 따라 마을 입구까지 이어져 있었다. 바람만 아니라면 아무 일도 없는 평범한 봄밤 같았을 것이다. 관계 당국에서 괜스레 호들갑을 떠는 것은 아닌가 하는 생각이 들기도 했다. 마을의 불빛은 안온하기만 했다.

이장에게서 부재중 전화가 와 있었다. 종섭은 이장에게 전화를 넣었다.

"뭐해 안 오고!"

"집에 물이라도 좀 끼얹을까 해서요."

"뭘 한다고?"

종섭은 집에 물을 끼얹을 수 없었던 상황을 짧게 설명했다.

"그런 방법이 있대? 아무튼 서둘러. 다행히 불길이 삼정리에서 방향을 바꿨대. 그런데 바람이 또 방향을 틀면 어찌 될지 모른다니 늦지 않게 내려와."

전화를 끊고 종섭은 몸을 방 벽에 기댔다. 좁다면 좁은 집이었다. 방 하나에 부엌 겸 거실이 딸렸고 세

탁기를 넣을 수 있는 화장실 하나가 전부였다. 하지만 돈 걱정 없이 살 수 있었다. 나라에서 빈집을 수리해 쓸 수 있게 해 준다는 말을 들었을 때 종섭은 처음으로 나라에 감사했다. 쪽방촌으로 날아드는 전기세며 수도세를 볼 때마다 자신에게 할당된 것이 이리도 값나가는 것인가 생각했었다. 서울은 집세와 전기세, 수도세가 있어야 생활을 이어갈 수 있었다. 결국 자신이 감당해야 할 무거운 것들을 서울에 두고 고향으로 내려온 거나 마찬가지였다. 그래서인지 산불이 번지고 있는 지금 종섭은 이 집이 사라질까 두려웠다. 호스를 수도꼭지에 연결할 수만 있어도 두려움이 좀 덜할 것 같았다. 종섭은 호스를 구매할 때 내경을 확인하지 않은 자신을 원망했다. 밀링이든 선반이든 정해진 규격이 있다는 사장의 말은 누군가가 정해놓은 규격을 지킬 때만 삶을 이어갈 수 있다는 말처럼 들렸다. 호스 내경을 확인만 했더라도 지금처럼 불안하고 답답한 심정은 아니었을 텐데 싶어 호스를 넣어둔 창고 쪽으로 자꾸만 고개가 돌아갔다.

"김 씨, 우선 집에 있어봐. 불길이 삼정리서 삼산리로 바뀌었대. 대피한 사람들도 집을 둘러본다고 잠시들 갔어. 그러니 김 씨도 짐 챙길 것 챙겨서 대피소로 와."

호스와 내경을 번갈아 생각할 때 이장이 전화를
걸어왔다. 순간 종섭은 자신도 모르게 긴 숨을 뽑아
냈다. 종섭은 이장에게 집 정리가 끝나는 대로 대피
소로 가겠다고 말한 뒤 전화를 끊었다.

이장 말과 달리 TV 화면은 긴박했다. 전국에 동시
다발적으로 발생한 산불은 예측이 불가할 정도로 널
을 뛰고 있다는 거였다. 건조한 날씨도 날씨지만 강
풍이 문제라고 했다. 바람은 일몰 후 더 거세졌다. 전
선을 울리는 바람 소리에 등골이 시렸다.

종섭은 잠바를 껴입고 다시 마당으로 나왔다. 마
당 수도라도 틀어 놓아 볼 생각이었다. 마당이라도
적셔둔다면 집이 좀 안전할 것 같았다. 마당에 물이
더 잘 고일 수 있도록 창고에 모아둔 비료 포대를 가
져다 마당 주변 구멍을 막았다. 아랫방 아궁이 불은
어느새 꺼져 있었다. 종섭은 아궁이 문을 닫아 아궁
이 안으로 물이 들지 않도록 했다. 그리고 서둘러 수
도꼭지를 틀었다. 무용지물일 것 같던 수돗물이 마당
으로 흘러들었다. 궁여지책이었지만 마당으로 흘러
드는 물을 보니 좀 안심이 되었다. 자정이 지난 밤하
늘에 별이 총총했다. 능선 넘어 어딘가는 불이 넘실

거린다지만 별은 남의 나라 이야기이기라도 한 것처럼 쉼 없이 반짝였다.

집 위를 지나는 헬기 소리에 놀라 눈을 떴을 땐 아침이 밝아 오고 있었다. 종섭은 서둘러 밖으로 나왔다. 헬기는 보이지 않고 소리만 멀어지고 있었다. 어수선한 꿈속을 헤매다 잠이 깨 그런지 헬기 소리가 더 요란하게 느껴졌다. 재난 문자는 쉬지 않고 울렸다. 종섭이 사는 지역은 산불 경보가 발령된 상태였다. 재난 문자를 확인하고 있을 때 전화가 울렸다.

"김 씨, 어서 대피해. 한두 시간 전부터 바람이 우리 마을 쪽으로 분다네. 어서 서둘러."

"진성골 할머니는 대피하셨어요?"

"어제 오후에 내가 모시고 나왔어. 걱정 말고 김 씨만 내려와. 불이 뒷골 능선으로 옮겨붙으려고 한다니 서둘러."

종섭은 전화를 끊고 마당으로 뛰어나갔다. 밤새 틀어 놓은 물이 마당을 적시고 집 뒤로 흘러가고 있었다. 문득 생각이 떠오른 종섭은 집 뒤에 세워둔 빨간 고무대야를 마당으로 옮겨 물을 받기 시작했다. 바람이 볼을 치며 지나갔다. 바람 끝에 연기 냄새가 묻어 있었다. 덜컥 겁이 났다. 정말 불길이 자신의 집을 향해 오는 것인가 싶어 가슴이 뛰었다. 종섭은 두근거리는 가슴을 진정시키려 심호흡을 한 뒤 대야에 받힌 물을 바가지로 퍼 올렸다. 파란 플라스틱 바가지 가득 담긴 물은 걸음을 옮길 때마다 출렁였다. 하늘과 산 능선이 바가지의 물과 함께 출렁이며 종섭을 따라왔다. 종섭은 조립식 판넬 벽을 향해 바가지의 물을 끼얹었다. 벽에 앉았던 먼지가 물에 씻겨 흘러내렸다. 한두 바가지론 어림도 없을 것 같았다. 하지만 그렇게라도 해야 할 것 같아 멈추지 않고 물을 끼얹었다.

헬기 지나가는 횟수가 잦아지고 있었다. 거대한 물주머니를 달고 날아가는 헬기를 보며 종섭은 생각했다. 저 물 한 주머니면 집은 불타지 않겠지. 종섭의 바람을 모르는 헬기는 능선 뒤로 사라졌다. 종섭은 멈추지 않고 물을 뿌렸다. 지붕을 향해 바가지 물을 흩뿌렸지만, 물은 빗물받이 언저리로 떨어질 뿐이었다. 하지만 현관문과 전면 창까지 물을 뿌리고 아래채로 향했다. 아래채는 황토를 짓이겨 만든 것이라 물을 끼얹을 수 없을 것 같아 다시 윗채로 향했다. 그 순간에도 재난 문자는 쉬지 않고 날아왔다. 종섭은 수도

를 틀어 놓은 채, 집 뒤 언덕으로 올라갔다. 멀리 마을
을 둘러싸고 있는 능선마다 구름 같은 연기가 피어오
르고 있었다. 그러나 집 뒷산 능선 위로는 아무것도
보이지 않았다. 먼 산의 연기는 바람을 타고 이리저
리 흩어졌다. 강풍에 몸이 휘청였다.

"이장님. 대피소 쪽으로 불길이 가는 것 같습니다."

"김 씨, 아직 안 오고 뭐 해! 대피소가 아랫마을 학
교에서 읍내 체육관으로 바뀌었어. 서둘러. 불이 진성
골 지나고 있대. 얼마 안 있어 불길이 조성골로 넘어
간다잖아."

종섭은 지금 가겠다는 답을 남긴 채 전화를 끊었
다. 조성골이면 집 뒤 능선 아래였다. 연기도, 불길
도 보이지 않는데 코앞까지 불길이 와 있었던 거였
다. 종섭은 발이 떨어지지 않았다. 언덕에서 내려다보
이는 자신의 집은 햇살을 받은 채 고즈넉이 앉아 있
었다. 하지만 수십 채가 불에 탔다는 뉴스가 뇌리에
서 가시지 않았다. 종섭은 불길이 제 집만은 무사히
넘어가 주기를 바랐다. 언덕을 내려오는데 집 뒷산으
로 피어오르는 연기가 보였다. 가슴이 내려앉았다. 물
주머니를 매단 헬기가 산 뒤로 사라졌다. 종섭은 오
토바이가 있는 마당 입구를 향해 내리 달렸다. 순간

바람이 휘몰아쳤다. 티끌이 눈으로 날아들었다. 눈이 따가워 앞이 보이지 않았다. 눈물이 볼을 타고 흘렀다. 흐르는 눈물을 손등으로 닦으며 마당으로 들어섰다. 종섭은 헬멧 속에서 열쇠를 꺼내 오토바이 시동을 걸었다. 십 년도 더 된 중고 오토바이는 그르륵거리며 신음만 뱉어낼 뿐 시동이 걸리지 않았다. 종섭은 액셀을 거세게 당기며 다시 시동을 걸었다. 하지만 오토바이는 여전히 먹통이었다. 집 뒷산 위로 산보다 큰 연기 덩이가 치솟았다. 연속해서 소나무 터지는 소리가 들려왔다.

종섭은 오토바이에서 내려 아랫동네로 이어지는 큰길로 달려갔다. 길은 능선 허리까지 굽이치듯 이어져 있었다. 물주머니를 단 헬기가 집 뒷산 언저리에 물을 뿌렸다. 바람에 날린 물줄기가 종섭에게 날아들었다. 종섭은 소낙비처럼 쏟아지는 물줄기를 등진 채 잠시 서 있었다. 헬기에서 쏟아진 물줄기가 '촤' 하는 소리를 내며 바닥으로 쏟아졌다. 바람과 물줄기가 잦아들자, 종섭은 조성골로 이어지는 길을 따라 달렸다. 하지만 불길은 이미 조성골 골짜기를 집어삼키고 있었다. 불은 폭탄처럼 폭발해 능선 넘어 밤나무밭으로 옮겨붙었다. 밤나무에 올라붙은 불은 무서운 기세로 타올랐다. 순간 바람이 휘몰아쳤다. 불은 또다시 반대편 능선으로 넘어갔다. 아랫마을로 이어지는 길은 순식간에 불바다로 변했다. 종섭은 능선을 넘어 뒷마을로 가야 할 것 같아 뒤를 돌아보았다. 그러나 이미 뒷산은 너울거리는 불길에 휩싸여 있었다.

종섭은 그제야 자신이 불 속에 갇혔음을 깨달았다. 하늘로 솟아오르지 않는 한 불길에서 벗어날 수 없을 것 같았다. 서둘러 주머니 속 핸드폰을 꺼냈다. 이장에게 전화를 넣어 상황을 설명해야 할 것 같았다. 하지만 핸드폰 화면은 검게 변한 채 아무런 반응도 보이지 않았다. 지난밤 배터리 충전도 잊은 채 마당과 방을 오간 탓이었다. 거기다 쉬지 않고 울어대던 재난 문자로 인해 배터리가 평소보다 빨리 방전되고 말았다는 것을 종섭은 그제야 알아차렸다.

거 너머

마침내 분순이 자리 잡은 곳은 집 뒷산 소나무 아래였다. 분순의 유골을 대성골에 안치하지 못한 것은 그곳이 국립공원이기 때문이었다. 어린 날 내 집처럼 드나들던 계곡도 이제 허가 없이 들어갔다간 벌금을 내야 한다고 했다. 아쉬움이 많았으나 살던 집도 내려다보이고 아들 내외가 일하는 모습도 볼 수 있으니 그럭저럭 지낼 만할 것 같았다. 분순이 살아온 집은 고개만 돌리면 화개골과 삼신봉을 바라볼 수 있는 곳에 있었다. 고사리를 끊다 눈길을 보내면 지리산 촛대봉과 세석평전이 치마폭처럼 펼쳐졌다. 분순은 가끔 세석에서 나물 캐던 처녀 적을 생각하곤 했다.

그랬던 분순이 소나무 아래 자리를 잡으니 생각은 화개골과 대성골로 흘렀다. 고향에서 복자와 함께한 시간을 떠올리면 마음이 흐뭇했다. 먹을 감던 계곡과 소꿉놀이하던 개울, 땔감을 주워 오던 산길까지 새록새록 떠올랐다. 계절마다 변하는 산과 들을 누비는 동안 분순은 소녀가 되고 아가씨가 됐다. 그런가 하면 어느 날 불쑥 찾아온 예지력에 외로운 시간을 보내야 했다. 분순은 그런 것들이 왜 제 눈에만 보이는지 알 수 없어 두려웠다. 그리고 제 눈에만 보였던 것들 덕에 무탈하게 살았구나 싶기도 했다. 그러나 자신의 죽음만은 미리 알지 못했다. 하긴, 자신의 죽음을 미리 알았다 한들 무엇이 달라졌겠는가. 그저 흘러간 시간을 그리워할 뿐이지…. 그리운 시간은 앞뒤 없이 불쑥불쑥 튀어 올랐다. 열 살의 시간이 떠오르다가 스물세 살의 시간이 솟아오르고, 마흔두 살의 시간이 튀어나왔다가 사흘 전 임종의 시간으로 되돌아갔다. 분순은 기억이 떠도는 시간을 가만히 음미했다.

"엄마, 종길이 곧 온다네. 조금만 더 힘내시오."

종언의 음성은 가라앉아 있었다. 분순의 숨결이 거칠어질수록 종언은 애가 탔다. 도착할 거라던 시간이 한참 지나 있었지만 종길의 모습은 보이지 않았다. 분순의 숨이 거칠어질 때마다 종숙이 오열했다.

"엄마, 막내 곧 온다네. 우리 엄마 불쌍해서 어쩌까이."

종언과 종숙은 분순의 아픈 손가락이 종길임을 알기에 종길이 늦어지는 것이 안타까웠다. 엄지발톱 사이의 살 무더기 때문에 종길은 육발이라 불리며 자라야 했다. 다른 형제들에게 없는 발톱 사이 살 무더기는 분순과 종길의 아픔이었다. 삼복더위에도 양말을 벗지 않던 종길을 생각하며 분순은 복 없는 자신을 탓했다. 부모 복은 하늘에서 준다는데 어미인 제가 복이 없어 종길이 외롭고 쓸쓸한 것인가 싶어 임종을 기다리는 순간까지도 분순은 가슴이 아렸다. 종숙은 그런 분순의 마음을 알기라도 하듯 얕은 숨을 뱉었다.

"엄마가 젤로 보고 싶은 종길이 오고 있어. 조금만 힘내 엄마. 기다릴 수 있지? 나가 종길이 언능 오라고 마음속으로 비요. 그런께 힘내시오. 엄마."

분순이 위독하다는 요양보호사의 전화를 받은 것은 종숙이었다. 국밥집 문 열 준비로 허둥대던 종숙은 데친 고사리를 담가 둔 채 분순에게로 달려왔다.

"엎어지면 코 닿는다는 말 순 거짓말이야. 내가 제일 불효자여. 내가!"

종숙은 또 한 번 오열했다. 관광지가 되어버린 지금의 장터는 오일장일 때보다 손님이 많았다. 종숙은 바쁘다는 이유로 엄마를 찾지 못한 지난날이 후회스러웠다.

너울거리는 나뭇잎들이 가을임을 알려주고 있었다. 톨게이트를 통과한 종길은 갓길에 차를 세웠다. 그리고 비상등을 켠 채 휴대전화로 사우나를 검색했다. 서둘러 나선 길이라 옷매무새며 머리 모양이 말이 아니었다. 룸미러에 비친 모습은 허름하고 거칠었다. 푸석한 얼굴 가득 수염이 덮여 있었다. 면도할 짬도 없이 바빴던 것은 레미콘 타설 작업이 늦어지고 있어서였다. 현장 소장인 종길은 작업 일정을 맞추기 위해 휴일에도 현장에 매달려야만 했다. 분순이 위독하다는 전화를 받던 순간에도 레미콘 물량 확보를 위해 업체 관계자와 신경전을 벌이고 있었다. 종길은 분순의 임종과 작업 진척도 사이에서 갈등했던 자신을 원망했다. 좀 더 빠른 판단을 내렸더라면 면도도 하고 머리도 매만질 수 있었을 텐데 싶었다.

종길은 자신을 마지막으로 보게 될 엄마의 마음을 헤아리지 못해 후회가 밀려왔다. 서둘러야 한다는 것을 알면서도 종길은 결국 사우나를 검색했다. 다행히 근거리에 사우나가 있었다. 어린 날 부엌에서 목욕하던 순간이 떠올랐다. 아궁이와 장작, 가마솥의 더운 물과 형과 함께 들어앉았던 고무대야가 눈앞인 듯 선명했다. 그 순간은 자신의 발이 오롯이 자유로웠던 시간이기도 했다. 양말을 벗고 맨발로 느꼈던 그 포근함. 자신을 기다리며 힘겹게 견디고 있을 엄마를 생각하면 당장이라도 차를 몰아야 했지만, 종길은 단정한 모습으로 엄마와의 이별을 맞고 싶었다. 그리고 종길은 분순이 자신을 기다려 줄 거라는 걸 믿었다. 보이지 않는 끈이 서로를 연결해 놓기라도 한 것처럼 종길은 엄마의 기다림에 확신이 들었다. 낮은 건물 사이로 '덕일사우나'란 간판이 보였다. 종길은 서둘러 사우나로 향했다.

종길의 도착을 기다리던 그 시간, 분순은 열일곱 살로 흘러갔다.

복자와 함께 쇠점터에 닿았을 때였다. 복자는 머리의 짐을 부리며 숨을 뱉었다. 산속은 어느새 해거름이 다가오고 있었다.

"젓갈이 솔찬히 무겁다. 모가지 부러지것네. 네도

좀 앉아."

　복자는 정수리의 똬리를 그러잡더니 길가 바위에 걸터앉았다. 김장을 앞둔 장날이라 젓갈이며 소금을 사 돌아오는 길이었다. 분순 역시 지쳐 있던 때라 복자의 말이 반가웠다. 목을 누르던 항아리를 내려놓자 눌렸던 목이 펴지면서 뒷덜미가 시원했다. 새로 산 항아리에 소금을 담아 머리에 이고 삼십 리를 걸었으니, 발은 발대로, 다리는 다리대로 힘겹지 않은 곳이 없었다. 분순과 복자는 물가로 다가갔다. 뉘엿거리는 햇살이 나뭇잎을 지나 물 위로 흩어졌다. 분순은 사금파리처럼 반짝이는 물을 손으로 받아 입으로 가져갔다. 달고 시원했다.

　"금가루 마시면 요런 맛이까?"

　복자가 이를 보이며 웃었다. 분순은 산에서만 살아온 부모 밑에 나고 자란 자신이 금가루라는 것을 만져 볼 수나 있을까 하는 생각에 헛웃음이 났다. 그러면서 목을 축일 시원한 물이 지척에 있는 게 어딘가 싶었다. 물 흐르는 소리에 눌렸던 어깨가 펴지는 것 같았다. 복자는 짐을 부려둔 개울가 둔덕에 몸을 기댔다. 새벽부터 나선 길이라 두 사람은 지쳐 있었다. 분순 역시 복자 옆에 몸을 기대고 잠시 눈을 감았다. 굴뚝새가 울었다. 분순은 저 새는 무거운 짐은 없고 날개도 있으니 얼마나 좋을까 싶었다. 감았던 눈을 떴다. 나뭇잎 사이로 바스러지는 햇살에 눈이 부셨다. 해 지기 전에 집으로 돌아가야 하는 것은 새들도 마찬가지인 모양이었다. 곤줄박이며 박새가 바삐 울며 어딘가로 날아갔다. 곁에 누운 복자는 새근거리며 잠이 들었다. 복자와 뛰놀던 쇠점터 자락은 새삼스러울 것도 없을 만큼 친근한 곳이었다. 산중에서 너른 들은 쇠점터뿐이었다. 아이들은 뛰어놀기 위해 쇠점터로 모여들었다. 분순은 그때처럼 놀 수 없는 나이가 된 것이 아쉬웠다. 동네 아이들은 열 살이 넘어가면 집안을 거들었다. 골 안의 아이들은 빠르게 어른이 되어야만 했다.

분순은 이런저런 잡념들을 떠올리며 누웠던 자리의 흙무더기를 파내기 시작했다. 생각 없이 시작된 손장난에 신이 난 분순이 부러진 나뭇가지를 주워 들었다. 나뭇가지로 낙엽을 걷고 부엽토를 파내자 신선한 흙내가 올라왔다. 바스러진 흙을 보며 이 흙은 어디서 왔을까. 어쩌다 이 골에 쌓였을까. 떠오른 상념에 빠져 흙 파는 속도가 빨라졌다. 이유 없이 파낸 흙이 무더기로 쌓이고 구덩이는 깊어졌다. 좀 더 굵은 나뭇가지를 집어 더 깊이 흙을 팠다. 복자가 잠에서 깨기를 기다리며, 이유 없이 흙을 파 내려간 그때 무엇인가가 보였다. 언뜻 보니 검은 자갈돌 같았다. 너는 왜 이곳에 박혔니. 친구들처럼 개울에 흘러들지 않고 왜 이곳에…. 생각이 멈춘 것은 그것이 자갈돌이 아니기 때문이었다. 묵은 흙을 털어내고 보니 손바닥만 한 쇠 불상이었다. 이곳에서 가끔 무엇인가를 주웠다던 친구들 말이 생각났다. 언제 누가 만든 것인지 알 수 없지만 분명 가부좌를 튼 부처님이었다.

"뭐이냐?"

잠에서 깬 복자가 놀란 눈으로 물었다.

"나도 뭣을 하나 주은 것 같애."

불상 위로 햇살이 흔들렸다.

"그래, 나중에 엿 바꿔 묵자."

복자가 짐을 머리에 이며 웃었다.

"아니라, 나가 잘 갖고 있을 거라."

분순은 흙 묻은 불상을 항아리에 얹었다. 뭉툭한 얼굴에 뭉툭한 몸통, 비록 가부좌를 튼 무릎은 삭았지만 어쩐지 귀한 부처님 같아 불상을 이고 가는 분순의 마음은 흡족했다.

종숙이 이마의 식은땀을 닦아 줄 때 분순은 흙 속에서 불상을 파내던 그때로 가 있었다. 낡고 볼품없는 불상이었지만 그것을 발견했던 순간 분순은 소중한 무엇이 생긴 것 같아 흐뭇했다. 분순은 묵은 흙을 털어낸 불상 위로 햇살이 쏟아지던 순간과 머리를 누르던 항아리 무게까지 선명하게 느낄 수 있었다.

"엄마!"

가까스로 도착한 종길이 분순의 손을 제 얼굴로 가져갔다. 고맙다는 말은 입안에서 맴돌 뿐 입 밖으로 나오지 않았다. 분순은 마지막 순간을 놓치지 않으려는 듯 종길의 얼굴을 감쌌다.

"엄마, 인자 편히 가소. 나 봤으니까. 됐네."

곁에 앉은 종언과 종숙이 흐느꼈다. 분순이 눈을 감던 순간 종길은 분순의 손을 가슴에 품었다. 평생 자신의 발을 어루만졌던 분순의 손을 더 이상 만질 수 없음을 알기에 종길은 오랫동안 분순의 손을 내려놓지 않았다.

육체를 떠난 분순의 기억은 종길을 낳은 그 방으로 가 있었다.

잠든 시어머니 앓는 소리가 마당을 건너왔다. 식구

가 모두 잠든 밤 분순은 종길에게 젖을 먹였다. 종길의 작은 입술이 젖꼭지를 빨았다. 젖 먹는 아기를 내려다보고 있으면 콧방울로 눈물이 맺혔다. 종길이 태어나고 백일이 지나는 동안 누구도 말하지 않았지만 모두 알고 있었다. 종길을 낳던 날 시아버지는 술에 취해 종길 아버지 이름을 외치며 울부짖었다. 그러나 그날 이후 시아버지는 단 한 번도 종길 아버지를 입에 올리지 않았다. 하지만 시집 식구 속마음엔 애비 잡아먹은 놈이 들어앉았다는 것을 분순은 알고 있었다. 분순은 젖을 빨고 있는 종길의 머리를 쓰다듬으며 애비 잡아먹고 태어난 놈이란 소리는 듣지 않게 하겠다고 다짐했다. 젖을 빨던 종길이 새근거리며 잠이 들었다. 분순이 복잡한 속을 다잡다 떠올린 것은 궤짝 깊이 넣어둔 불상이었다. 잠든 젖먹이를 눕히고 궤짝에서 불상을 꺼냈다. 불상은 흐릿한 어둠 속에서 여리게 빛나고 있었다. 분순은 불상을 무명천으로 감싼 뒤 종길의 배내옷 바구니에 넣으며 무탈을 빌었다.

지붕 개량 사업 독촉으로 동네가 어수선하던 때 종길이 들어섰고 입덧이 시작됐다. 세 번째 임신인데도 입덧은 첫 임신 때처럼 힘들었다. 부엌에서 밥을 푸다가도 욕지기가 올라오면 뒤안으로 몸을 피했다.

넘어오는 것이라곤 물뿐인데도 토악질은 수시로 찾아왔다.

뒤안에서 방금 마신 물을 게워 내고 있을 때 면사무소에 갔던 남편이 돌아왔다. 분순이 방으로 들어설 때 남편은 담배를 피워 물었다. 그러더니 지붕 개량 사업에 참여하라는 이장 말을 전했다.

"돈도 없는데 이자는 뭔 돈으로 낸당가."

대출을 받아야 한다는 남편 말에 분순은 이자 걱정을 앞세웠다. 아랫동네보다 참여율이 저조해 군에서 발 벗고 나선 거라고 했다. 남편은 참여율이 저조한 지역은 나라에서 지원을 끊어버린다니, 없는 동네 사람들만 죽어나는 거라며 혀를 찼다. 초가지붕은 해충이나 비에 약하고 미관상 좋지 않다는 것이 지붕 개량 사업의 이유였다.

"수매한 돈 몇 푼 된다고 꼭 가을에…. 젠장 맞을!"

찬 바람이 불기 전에 지붕을 얹어야 했다. 결국 남편은 나룻배에 슬레이트를 실어 와 지붕 개량 작업을 시작했다. 추수가 끝난 덕에 마을 사람 몇이 손을 거들었다. 분순은 입덧을 견디며 밥을 하고 막걸리를 걸렀다. 초가지붕을 걷은 집은 속살을 내놓은 듯 초라했다. 입덧 중인 분순이 시부모와 한방에서 지내는 시간을 줄여주고 싶었던 남편이 서둘러 지붕을 얹기 시작했다. 남편의 그런 마음을 알기에 분순은 밥 위에 감자도 얹고 막걸리도 두어 되 더 걸러 밥상에 올렸다.

마지막 지붕을 얹기 전날 밤, 분순은 어수선한 꿈에 시달렸다. 얼굴을 알 수 없는 남자가 분순을 쫓아왔다. 분순이 혼신을 다해 도망쳤지만, 사립문으로 들어설 수 없었다. 남편은 비를 맞으며 지붕 위에 서 있었다. 그러다 문득 입 밖으로 말이 흘러나왔다. 종언 아부지 지붕에 올라가면 죽소! 분순은 제 목소리에 놀라 잠에서 깼다. 비 내리는 마당으로 아침이 시작되고 있었다. 아침밥을 준비하는 분순의 손이 헛돌았다. 아침상을 물린 분순은 남편에게 뒷집 한 씨가 지붕에 오르면 안 되냐 물었다.

"비도 오고 그러는데 어찌 다른 사람을 시킨단가. 나가 해야지."

남편은 숭늉 그릇을 내려놓기 무섭게 마당으로 갔다.

"종언 아부지!"

분순이 서둘러 남편을 불렀지만, 남편은 대답 없이 방문을 닫았다. 순간 입이 쓰고 속이 메스꺼웠다.

지붕에서 떨어지면 어쩔 거냐 말이 목에 걸려 나오지 않았다. 분순이 상을 들고 부엌으로 나설 때 다급한 비명과 함께 둔탁한 소리가 마당을 울렸다.

화장이 시작된 시간 종언과 종숙은 유족 대기실로 갔다. 종길은 바람을 쐬고 오겠다며 형제들과 반대 방향으로 걸었다. 산 중턱에 자리한 화장장은 포근 했다. 햇살이 적당해 따뜻했고 단풍 그늘이 깊어 눈 부시지도 않았다. 종길은 주차장 옆 의자에 앉아 하 늘을 올려다봤다. 가을하늘이란 말에 맞는 하늘빛이 한눈에 들어왔다. 밤송이가 숲 어딘가로 떨어지는지 '툭' 하는 소리와 함께 나뭇잎이 바스락거렸다.

학교까지 십 리 길을 걸어가야 했다. 학교를 오갈 때 아이들은 넓은 신작로를 놔두고 오솔길을 따라 걸 었다. 숲이 사라진 신작로보다 오솔길에 놀거리가 많 아서였다. 집으로 돌아가는 길의 해찰은 끊이지 않았 다. 봄엔 오디며 산딸기를 따 먹거나 뱀 새끼를 잡아 물에 던지며 놀았다. 가을이면 방아깨비를 잡아 방아 찧기를 하거나 떨어진 밤껍질을 벗겨 토실한 속살을 씹어 먹었다. 아이들과 몰려다녔던 그때의 하늘과 지금의 하늘은 같은 듯 달라 보였다. 달라진 것은 하늘이 아니라 자신임을 알기에 종길은 쓸쓸했다.

하굣길 해찰만 아니었다면 아이들은 종길을 육발이라 부르지 않았을 거였다. 밤송이가 숲 가득 떨어져 있던 가을이었다. 아이들은 너나 할 것 없이 부러진 가지를 주워 밤송이를 깠다. 종길 역시 밤송이를 발로 벌린 채 나뭇가지로 밤알을 꺼냈다. 그러다 밤가시가 고무신을 뚫고 살 속으로 파고들었다. 종길은 양말을 벗고 발에 박힌 밤 가시를 찾았다. 그때 만수가 종길의 발을 보며 물었다. 어찌 그리 생겼다냐. 종길 곁으로 모여든 아이들의 눈이 동그래졌다. 발고락이 여섯 개여? 다섯 개 맞는디? 발톱이 쪼개졌냐? 왜 그렇다냐? 종길은 서둘러 양말을 신었지만, 아이들은 눈치 없이 자꾸만 캐물었다. 아프냐? 날 때부터 그렇냐? 종길은 안 아파. 날 때부터 그래. 울 엄마가 그러는데 암시랑토 안 한 거라고 했어! 종길은 문제없다는 듯 앞서 걸었다.

집으로 돌아와 양말을 벗었을 때 종길은 참았던 눈물을 쏟았다. 빼내지 못한 가시가 살 속으로 파고들어 발가락이 부풀어 있었다. 마루에서 콩을 고르던 분순이 종길의 발을 부여잡았다. 종길은 분순의 손이 닿자 서럽게 울어댔다. 그 발로 집까지 걸어온 거냐며 분순이 종길을 달랬다. 분순은 코앞까지 종길의 발을 끌어당겼다. 종길은 돋보기를 코에 걸친 채 밤 가시를 찾는 분순을 숨죽이며 바라보았다. 솜털보다 작은 밤 가시를 하나둘 빼낼 때마다 종길의 몸은 자꾸만 움찔거렸다.

"이걸 참았어? 우리 막내가."

입김이 종길의 발등으로 흩어졌다. 분순의 손길이 엄지발가락 살 무더기 앞에서 잠시 멈췄다. 발톱 사이 살 무더기가 붉게 부풀어 있었다. 분순은 한층 더 조심스럽게 밤 가시를 발랐다. 그리고 두 손으로 종길의 발을 감싼 뒤 호호 입김을 불어주었다.

종길은 그날 발에 박힌 가시 때문이 아니라 분순이 불어주던 입김 때문에 눈물이 났음을 이제야 알 것 같았다. 티끌 같은 흠을 숨기며 살아온 자신보다 티끌 같은 흠을 자식에게 남겼다는 죄책감에 괴로웠을 분순의 마음을 이제야 알게 된 것 같아 명치가 아렸다. '강분순 유족은 습골실로 오시기 바랍니다.' 문자 알림음이 울렸지만, 종길은 밤나무 숲을 바라보며 한동안 앉아 있었다.

습골된 분순의 유골은 유골함에 담겨 종언 품에
안겼다. 분순은 구십육 년을 산 몸에서 한 주먹이 넘
는 뼈가 수습된 걸 보며 자신의 삶이 그리 모질지는
않았구나 싶었다. 종길은 분순의 영정을 든 채 차에
올랐고 종숙은 제 가족과 함께 장의차를 탔다. 분순
은 사위에 며느리, 손주에 손주며느리까지 줄줄이 장
의차에 오르는 걸 보니 한 생이 다른 생을 넘치게도
남겼다는 생각이 들었다. 혼자 된 시간이 길었지만,
자식 셋의 그늘이 깊어 마지막이 쓸쓸하지 않은 것
같았다. 그러나 이혼 후 혼자 된 종길이 눈에 밟혔다.
조수석에 말없이 앉은 종길의 뒤통수가 쓸쓸했다. 아
이들이 탄 차량은 화장장을 빠져나와 숲길로 접어들
었다. 올가을은 유난히 단풍색이 고왔다. 차창에 기
대 눈을 감은 종숙의 얼굴 위로 단풍이 붉은색을 흩
뿌렸다. 단풍의 주홍빛이 잠든 딸의 얼굴에 그늘을
만들어 주고 있었다.

남편상을 끝내고 돌아온 밤 분순은 열에 들떠 정
신을 잃었다. 울음을 삼키던 종언이 할머니를 부르
고, 엄마를 부르던 종숙은 물수건을 담아 왔다. 열에
들떠 식은땀을 흘리던 분순이 정신을 차린 것은 자

정이 지난 한밤이었다. 피곤에 지친 얼굴들이 분순을 내려다보고 있었다.

"어머니, 야 왼쪽 발고락이 여섯 개요."

또렷한 음성이었다. 말을 끝낸 분순이 솟은 배를 쓸어내리자, 시어머니 얼굴은 사색이 됐다. 그게 무슨 말이냐 되묻지 못한 것은, 그 말을 뱉은 분순이 다시 정신을 잃었기 때문이라고 했다.

이틀 뒤 정신을 차린 분순은 아무 일 없었다는 듯 자리를 털고 일어났다. 그 모습을 본 시어머니는 자신이 헛소리를 들은 것이라 생각했다. 하지만 분순은 정신을 잃던 순간 뱃속의 아이를 볼 수 있었다. 뱃속 아기는 시원시원한 콧날에 선한 이마를 가진 아들이었다. 분순은 자신도 모르게 배를 쓰다듬었고 그러다 아이의 왼쪽 엄지발톱 사이 살 무더기를 발견했던 거였다.

아주 가끔 그런 일이 있었다. 분순은 소개령이 내려지기 전 마을이 불타는 모습을 꿈에서 보았다. 산사람을 잡기 위해 마을에 불을 놓을 거라는 말을 꿈결처럼 흘렸을 때 분순 엄마는 딸의 입을 틀어막았다. 산사람 때문에 일가족이 죽어 나가는 것을 지켜본 아버지는 누군가 분순의 말을 엿듣는 것은 아닌지 사립문 밖을 살폈다.

분순은 자신이 보게 되는 앞날이 두려웠다. 자신이 본 앞날은 엄마나 아버지에 의해 입막음을 당해야 했고, 분순 자신도 불손한 사람이 되는 것 같아 사람을 피했다. 복자는 며칠씩 자신을 만나주지 않는 분순을 원망했지만 어쩔 수 없는 노릇이었다. 분순은 꿈결처럼 앞날을 본 날이면 궤짝의 불상을 꺼냈다. 남편의 낙상을 본 날에도 종길의 발가락을 본 날에도 분순은 불상을 끌어안았다.

길이 좁아 동네 입구에 장의차를 세웠다. 상복 차림의 사람들이 앞서거니 뒷서거니 동네로 들어섰다. 상주 무리가 동네 가운데로 들어서자, 약속이라도 한 것처럼 마을 사람들이 마중을 나왔다. 칠십 년 넘는 세월을 이웃으로 살았던 노인들이 지팡이에 몸을 의지한 채 느리게 걸음을 옮겼다. 본동댁과 여우내댁은 영정을 든 종길을 맞으며 소리 없이 울었다.

"종길아, 어머니 잘 보내드리라."

주름진 얼굴에 아쉬움이 가득했다.

"먼저 가 있어. 나도 곧 갈건게."

본동댁의 마른 손이 분순의 영정을 쓰다듬었다. 낯

선 동네로 시집와 마음 둘 곳 없던 그때, 본동댁은 분순과 함께 빨래터에 나가길 마다하지 않았다. 분순이 빨랫감을 이고 동네 모퉁이를 돌아 나가면 본동댁은 기다렸다는 듯 빨랫감을 챙겨 분순 뒤를 따랐다. 본동댁이란 자신이 나고 자란 동네의 남자와 결혼한 여자를 부르는 별칭이었다. 대성골이 고향이라 대성 댁이 된 분순과 여우내 골이 고향이라 여우내댁이 된 그녀의 낯섦을 감싸준 본동댁의 마음이 영정을 쓰다듬는 손길에서도 느껴졌다. 반평생이 넘는 세월을 이웃으로 보냈으니, 본동댁과 여우내댁은 자식들 못지않은 존재들이었다. 몸뚱이는 낡아 마른 장작이 되었지만, 함께한 세월은 여전히 기억에 남아 어제인 듯 또렷했다.

"우리 죽어서도 여기서 같이 사세, 대성댁."

여우내댁의 굽은 허리가 한층 더 굽어 보였다. 영정을 든 채 그들의 마지막 인사를 기다려 준 종길이 걸음을 옮겼다. 길은 마을 뒤 언덕으로 이어지고 있었다.

그 밤의 언덕은 세석평전으로 이어져 있었다.

분순은 달빛이 드리우던 그 밤을 문득문득 떠올렸

다. 어떤 땐 그 밤의 소리와 냄새까지도 선명했고 어떤 땐 그런 일이 있긴 했나 싶을 만큼 기억이 가물거렸다.

소개령 뒤 마을로 돌아왔을 때 먼저 도착한 이들이 집을 짓기 시작했고, 뒤늦은 이들은 집터를 다지느라 바빴다. 화전으로 일군 동네여서 반듯한 땅이 흔치 않았다. 옛 집터를 잃은 아버지는 외딴 참샘골에 터를 잡았다. 얕은 뒷산에 대나무밭이 있는 참샘골에는 작은 샘물이 있었다. 마을과 떨어졌어도 너른 땅이라 부모님은 만족했다. 집 옆에 참샘이 있으니 물긷는 수고를 덜 수 있어 분순도 그곳이 마음에 들었다.

집터를 잡는 동안 산은 가을로 접어들었다. 불탄 나무 둥치 사이로 돋았던 풀이 울긋불긋하게 물들었다. 아버지는 서둘러 집 짓기를 시작했다. 동생들은 아버지를 도와 흙과 돌을 날랐고 분순과 엄마는 지붕으로 쓸 짚을 이었다. 이웃의 도움으로 집이 완성되던 날 아버지는 닭을 잡아 그들의 노고를 달랬다. 외진 곳이긴 하지만 새집이 생겨 가족은 모두 흡족했다.

고기와 술잔을 나누면서도 어른들은 산사람이 또

내려오는 것은 아닌지 걱정했다. 하루아침에 살던 집을 잃었고 평생 살았던 고향에서 쫓겨나야 했던 마을 사람들의 걱정은 어쩌면 당연했다.

"동네랑 떨어져 있은께 무섭긋다."

전을 뒤집던 복자가 걱정스런 얼굴로 집 주변을 살폈다. 집 뒤 대나무숲은 가파른 능선과 이어져 있었다. 분순의 새집은 산으로 둘러싸인 외딴곳에 있었기에 모두의 걱정은 산사람이 찾아오면 어쩌냐는 거였다.

"안즉 산사람이 남았다는디…."

복자의 혼잣말이 분순 귀에 꽂혔다. 산에 기름을 붓고 불을 질렀는데도 산사람이 남아 있다는 이야기는 동네에 퍼져 있었다. 술잔을 기울이던 이장은 경찰이 마지막 남은 산사람을 찾아 벽소령이며 빗점재를 이 잡듯 뒤지고 있다고 했다. 혹시라도 수상한 이를 보게 되면 즉시 신고해야 한다며 신신당부했다. 술기운 오른 어른들도 낮은 음성으로 조심하라는 당부를 잊지 않았다. 그래서인지 아버지와 엄마는 밤마다 잠을 설치는 눈치였다.

그리고 그 밤 분순은 또렷한 꿈을 꾸었다. 검은 옷차림의 남자가 총을 든 채 문 앞에 서 있었다. 말없이 서 있던 남자가 방으로 들어서던 순간 분순은 꿈에서 깼다. 분순이 방문을 열었을 때 달빛은 툇마루를 비추고 있었고 마당으로 스산한 기운이 번지고 있었다. 아버지를 깨워야 할 것 같았다.

"일어나시오. 아부지."

그러나 방 안은 조용했다. 망설이던 분순이 방문을 열었을 때 잠든 아버지 얼굴 위로 달빛이 쏟아졌다.

"아부지. 언능 일어나시오."

분순이 아버지를 흔들었다.

"뭔 일이다냐. 이 밤에."

눈을 뜬 아버지가 물었다.

"아무래도…. 산사람이 올 것 같아요."

아버지는 놀란 눈으로 분순을 바라보았다.

"…뭔 소리를… 한다냐!"

더듬거리며 말을 잇던 아버지 얼굴이 굳어졌다. 놀란 아버지가 툇마루로 나설 때 검은 그림자가 마당으로 들어섰다.

"…나를 세석평전으로 데려가 주시오."

남자는 총을 겨눈 채 마당에 서 있었다. 아버지와 엄마가 바닥에 고개를 묻으며 살려달라고 빌었다. 그러자 남자는 분순을 향해 총부리를 겨눴다. 아버지가 고개를 든 것은 분순이 툇마루에서 마당으로 내려서는 순간이었다.

"우리 딸은 그냥 두시오."

아버지가 일어서려 하자 남자는 아버지 쪽으로 총구를 돌렸다. 그러더니 아버지까지 마당으로 불러 세웠다. 겁에 질린 엄마는 자신의 입을 틀어막으며 두 눈을 질끈 감았다. 아버지와 분순은 마당을 가로질러 대숲으로 향했다. 남자는 말 없이 아버지와 분순 뒤를 따랐다. 능선을 오르고 계곡을 건너는 동안 누구도 입을 열지 않았다.

아버지는 세석까지 눈을 감고도 갈 수 있다고 했다. 걸음마 떼고부터 오른 산이라 자신이 모르는 곳은 지리산이 아니라고도 했다. 그런 아버지가 갈림길에서 서성였다. 남자는 총부리로 아버지 등을 찔렀다. 놀란 아버지가 고개를 돌렸다. 아버지 얼굴은 땀으로 흥건했다. 아버지는 어쩔 수 없다는 듯 발걸음을 뗐다. 분순이 머뭇거리자 남자는 총부리로 분순의 옆구리를 찔렀다. 총구의 서늘한 기운이 느껴지자 목덜미까지 소름이 돋았다. 분순은 떨리는 마음을 다잡으며 아버지 뒤를 따랐다. 달은 중천으로 떠 머리 위를 비췄다. 미처 다 타지 못한 나무들이 시체처럼 널려 있었다. 나무 둥치를 건너뛸 때마다 고무신이 벗겨졌다. 분순은 고무신을 다시 꿰신으며 산을 올라야 했다.

"저그만 오르면 잔돌이요. 저 골이 작은 세잰께, 언덕만 오르면 다 왔소."

가파른 언덕 앞에서 아버지는 땀을 훔쳤다.

"…고맙소."

남자는 아버지 쪽으로 겨눴던 총을 거뒀다.

"이제…. 내려가도 좋소."

아버지의 긴장된 얼굴이 분순을 향했다. 그리고 두 사람은 언덕을 내려가기 시작했다. 문득 뒤를 돌아본 것은 분순이었다. 남자의 긴 몸이 달빛을 받으며 언덕을 오르고 있었다. 아버지는 서둘러야 한다며 분순을 재촉했다. 날이 밝기 전에 집으로 돌아가야 했다. 간밤, 외딴집에서 일어난 일을 아는 이는 없어야 했다. 산사람을 도왔다는 사실이 알려지는 순간 아버지와 분순은 무사하지 못할 것이 분명했다. 산사람에게 쌀을 빼앗긴 법왕리 김 씨는 산사람과 내통했다는 이유로 주검이 되었다. 김 씨의 시체를 보고 돌아온 밤 방문을 걸어 잠그던 엄마는 밤엔 산사람이 낮엔 경찰이 들볶아 어찌 살겠냐며 반 울음을 울었다.

아버지와 분순은 마음이 바빴다. 동이 트기 전 집으로 돌아가 아무 일 없다는 듯 아침을 맞아야 한다는 생각에 걸음이 빨라졌다. 분순은 자꾸만 벗겨지는 고무신을 다시 꿰신으며 언덕을 내려갔다. 그리고 얼마지 않아 등 뒤에서 총소리가 들렸다. 아버지와 분순은 굳은 듯 자리에 멈춰 섰다.

아버지와 분순이 집으로 돌아왔을 때 엄마는 방문을 걸어 잠근 채 떨고 있었다. 엄마가 아버지의 목소리를 듣고도 머뭇거렸던 것은, 죽은 아버지의 혼령이 찾아온 줄 알았기 때문이라고 했다. 그 새벽 아버지와 분순은 불도 밝히지 않은 채 몸을 씻고 옷을 갈아입었다. 간밤의 흔적을 지우는 동안 분순의 심장은 쉬지 않고 뛰었다.

동이 틀 무렵 자리에 누운 분순은 쉽게 잠들 수 없었다. 남자의 모습이 지워지지 않아서였다. '탕' 하고 울렸던 총소리가 지척인 듯 생생했다. 분순은 산 사람이 밤의 산을 기어코 올라야 했던 이유를 생각해 보았지만, 도무지 알 수 없었다. 분순은 꼬리를 물며 떠오르는 의문을 지우려 고개를 저었다. 그러다 문득 꿈에 본 남자와 산을 오른 남자가 한 사람이었음을 깨달았다. 분순이 꿈에서 본 것이 현실이 된 첫 번째 사건이었다. 며칠 뒤 마지막 산사람을 경찰이 사살했다는 소문이 퍼져나갔다.

"소나무 밑에 모시자."

종언이 유골함을 소나무 아래 내려놓았다.

"동네도 내려다보이고, 오빠 고사리밭이 지척이라 엄마 안 외롭긋다."

종숙이 숨을 고르며 소나무 아래로 눈길을 보냈다.

"막내 네는 어떻냐?"

종언이 종길의 동의를 구했다. 종숙은 종길이 속을 보이지 않는 동생이라 늘 조심스러웠다. 종길은 형제 중 막내지만 대하기 힘든 순간들이 있었다. 분순의 장례가 치러지고 있는 지금이 그랬다.

"예, 좋네요. 형님. 여기 모십시다."

종길이 소나무 앞에 분순의 영정을 기대 세웠다. 일행은 향로에 향을 피우고 마지막 제를 준비했다. 종언은 제물을 진설하고 잔을 채웠다. 종숙은 이제 정말 마지막이냐며 울음을 쏟았다.

"형님. 그런데 어머니… 묻어 드릴 거요?"

나무 밑 흙더미를 바라보던 종길이 물었다.

"하믄 그래야지."

종언은 새삼스럽다는 듯 종길을 보았다.

"어머니, 뿌려 드립시다. 어차피 우리 땅이라 문제 될 것 없을 것 같은데…."

갑작스러운 종길의 말에 종언이 잠시 머뭇거렸다.

"뭘라 그래. 그냥 묻어 디리지."

종언은 소나무 아래 유골을 묻어 표지석을 만들 생각이었다. 후손들이 분순의 흔적을 찾기 쉽도록 표지석을 마련해 둔 터라 종길의 제안에 망설였다.

"엄마는… 그랬으면 할 것 같아요. 대신에 이걸 묻읍시다. 표지석도 만들고."

종길이 품에서 쇠 불상을 꺼냈다. 밤 가시를 빼던 그날부터 불상은 종길과 함께였다. 학창 시절 종길의 책상에 놓였던 불상은 성인이 된 뒤에는 자취방 옷장에 누워 있었고, 결혼 후에는 회사 책상 서랍 안에 들어 있었다. 종길은 아내와 이혼한 뒤 불상을 분순에게 돌려주려 했지만, 분순은 종길의 손에 불상을 다시 쥐어 주었다. 종길아, 엄마 마음인께…. 분순이 말끝을 흐리던 순간 종길은 불상을 다시 받아안았다. 불상의 내력을 아는 종언과 종숙은 말없이 종길이 꺼낸 불상을 바라볼 뿐이었다.

"우리 엄마 새처럼 가고 싶은 곳 가실 수 있게…."

종길이 말을 멈췄다. 속 깊은 곳에서 시작된 종길의 울음이 한동안 이어졌다. 종숙이 종길의 등을 토닥였다. 긴 세월을 살아낸 분순의 생을 종길은 울음으로, 종숙은 다독임으로, 종언은 묵묵한 바라봄으로 떠나보내고 있었다.

장례가 끝난 뒤, 몸을 잃은 분순은 마을을 내려다보았다. 동네 어귀에 있는 본동댁 집 지붕은 봉긋했다. 길 아래 있는 여우내댁의 집은 대숲에 가려 보이지 않았지만 정갈한 마당에 배추가 자라고 있을 것이다. 분순의 집 마당에는 호박이 늙어가고 있었다. 종길은 맷돌 호박으로 끓인 호박죽을 좋아했다. 하지만 더는 호박죽을 먹일 수 없어 아쉬웠다.

소나무 아래 쇠 불상은 제자린 듯 자리를 지켰다. 우연히 얻게 된 불상은 평생 분순 곁에 있었으니 죽어서도 같이 있는 게 나쁘지 않았다. 언젠가부터 앞일을 보게 되었던 분순은 그 이유를 몰라 혼란스러웠다. 왜 자신에게 그런 일이 생긴 것인지 알다가도 모를 일이었다. 그 새벽 마당으로 들어선 산사람과 지붕에서 떨어진 남편의 죽음 그리고 종길의 발가락 사이 살 무더기까지 그녀가 해결할 수 있는 것은 아무것도 없었다. 그럼에도 불구하고 그런 일이 일어나게 될 것임을 알았던 분순은, 자신이 알아야 하는 것이 그들의 불행인지 그 불행을 겪어 내야 하는 자신의 처지인지 몰라 괴로웠다. 말할 수 없는 일을 먼저 보았기에 입막음을 당했던 분순은 자신을 불온한 사람이라 생각했다. 하지만 종길을 낳은 뒤 앞일을 볼 수 있었던 것은 누군가가 자신에게 준 선물이라는 것을 깨달았다. 그러면서 종길의 발가락 사이 살 무더기가 아비 잡아먹은 놈이란 말을 막아주는 방패가 된 것일지 모른다는 생각이 들었다. 종길을 낳은 날 분순은 종길의 발을 평생 소중히 어루만져주리라 다짐했다. 분순은 자신이 평생 소중하게 생각해야 할 종길의 발을 미리 볼 수 있었던 것에 감사했다. 그렇지 않았더라면 종길의 발이 자신에게 닥친 불행이라 생각해 고통의 날을 보냈을지도 모르는 일이었다. 뱃속의 아이를 위해 남편의 죽음을 받아들였고, 온전하지 않은 종길의 발이 아들 앞에 놓인 불운을 대신해 줄 것이라 믿었다. 외딴 분순의 집으로 산사람이 찾아왔기에 가족도 마을도 무탈할 수 있었던 것이리라. 분순은 자신의 지난 시간이 조금씩 옅어지고 있음을 느꼈다. 시간의 부스러기들은 먼지가 되어 허공으로 흩어지기 시작했다.

산 위로 달이 돋았다. 달빛은 골짜기와 능선, 본동댁 집 지붕과 여우내댁 밭고랑, 호박이 늙어가고 있는 분순의 집을 지나 강가의 벚나무 위로 내려앉았다.

밤산책

김 사장이 전해준 첫 문구는 '오늘부터,,, 1'이었다. 매일 아침 가장 먼저 추념 문구를 의뢰하는 곳은 언제나 수아화원이었다. 아침에 마주하는 첫 문구는 '삼가 고인의 명복을 빕니다'이기 마련이었는데 앞뒤 다 잘린 어정쩡한 문구를 보자니 어딘지 모르게 어색했다.

세필에 먹을 묻혀 'ㅇ'을 그렸다. 검은 먹물이 하얀색 리본에 스며들었다. 짧게 점을 찍고 천천히 획을 그어 'ㅗ'를 썼다. 자음을 쓸 때보다 모음을 쓸 때 손목을 빨리 치켜들어야 했다. 그래야 먹물이 번지지 않기 때문이었다. 두 번째 글자부터는 획 긋기가 수월했다. 아마도 시작점을 결정했기 때문일 것이다. 첫 글자의 위치에 따라 글이 품어야 할 분위기가 결정되기 때문에 글자의 첫 획을 긋기란 언제나 쉽지 않았다. 어정쩡한 문구였지만 적당한 위치에 쓰인 첫 글자 덕에 다음 글자를 편히 이어갈 수 있을 것 같았다.

'늘' 자의 'ㄴ'을 마무리 짓기 위해 붓끝을 살짝 들어 올릴 때 김 사장의 거친 손이 종이를 내밀었다. 그는 '그립습니다'라 적힌 종이를 책상 위에 내려놓기 무섭게 가게로 돌아갔다. 꽃 속에 묻혀 사는 그의 손은 거칠고 단단했다. 하지만 꽃 다루는 솜씨만은 상가에서 최고였다. 김 사장의 기울어진 어깨가 줄지어 서 있는 삼단 화환 뒤로 사라졌다.

'오늘부터'를 쓰다 말고 '그립습니다'를 쓸까 망설이다 '오늘부터'를 먼저 마무리하기로 했다. 늘 죽은 사람을 기리는 것이 먼저라고 생각했다. 죽음이란 미리 대비할 수도, 뒤로 미룰 수도 없는 시간이라 생각했기 때문이었다. 그래서 고인의 명복을 비는 마음으로 아침마다 추념 문구를 써 왔다. 하지만 오늘은 죽음의 시간을 잠시 미루고 싶어졌다. '오늘부터'라는 글자가 품고 있는 분위기를 망치고 싶지 않아서이기도 했지만 어딘지 모르게 낯익은 글자란 생각이 들어서였다.

'오 · 늘 · 부 · 터. , , , , , . 1'. 써 놓고 보니 더욱 익숙한 느낌이 들었다. 하지만 흔한 글귀니 언젠가

한 번은 써 봤을 테지 싶었다. 그러나 한편으로는 꽃다발에 쓸 글귀는 아니지 싶어 자꾸만 눈이 갔다. 서둘러 문구를 마무리하고 근조 화환에 걸 리본을 펼쳤다. '그립습니다'와 '삼가 고인의 명복을 빕니다'를 나란히 쓴 뒤 수아화원으로 갔다. 근조 화환을 만들던 김 사장은 정확한 위치에 리본을 걸어 매듭을 지었다. 화환에 매달린 글귀들은 누군가의 장례식장으로 가 빈소 앞에 세워질 거였다.

화환이 배달원에게 들려 나간 뒤 김 사장에게 '오늘부터'를 내밀었다. 문구를 받아 든 김 사장이 꽃다발 언저리에 매듭을 묶었다. 안개꽃에 섞인 노란 장미가 풍성하게 빛나고 있었다. 꽃다발이 완성되자 김 사장은 리본에 적힌 문구를 소리 내 읽었다. 그러더니 뭔 소린지 알겠냐고 물었다. 나는 대답 없이 웃었다.

"그렇제? 자네도 모르겠제?"

김 사장의 응수에 고개를 끄덕였다.

"희한한 사람 많은 세상 아니가, 내 꽃 만진 지 40년이 넘었지만 이런 글은 또 처음이다."

김 사장의 혼잣말을 뒤로하고 책상으로 돌아와 앉았다. 얼마 지나지 않아 꽃다발은 분홍색 모자를 쓴 여자 손에 들려 복도 끝으로 사라졌다.

손수레가 바쁘게 드나들고 화훼 농원에서 실려 온 꽃다발이 구름처럼 일렁였다. 새벽 도매 장사가 끝난 상가는 온실처럼 고요했다. 쉼 없이 뿜어대는 분무기 덕분인지 꽃은 제빛을 내며 향기를 흩날렸다. 언제부턴가 수국이 인기였다. 가게마다 수박만 한 수국 다발이 내걸렸다. 새벽부터 꽃을 나른 상인들이 늦은 아침을 먹는지 꽃향기에 섞여 음식 냄새가 몰려왔다. 제아무리 예쁜 꽃도 먹어야 하는 입 앞에선 맥을 못 추는 것 같았다. 꽃 무더기 사이로 김치찌개 냄새가 번졌다. 식욕이 돌았다. 도시락을 펼쳐 놓고 젓가락을 들었다. 젓가락이 제일 먼저 집어 든 것은 파김치였다. 아내는 파김치를 좋아하는 나를 위해 사시사철 파김치를 담갔다. 아내가 새벽시장에서 파를 사온 날이면 집 앞 골목까지 매운내로 가득했다. 그런 날이면 집 안을 기웃거리던 방문객이 코를 감싸 쥐고 골목을 돌아나갔다. 그럴 때마다 아내는 내 집에서 내 마음대로 파도 못 다듬어야 하냐며 방문객이 사라진 골목에다 대고 쏘아붙였다. 아내는 여전히 출입문을 열어 둔 채 파를 다듬고 고등어를 구웠다. 하지만 저녁을 먹고 난 뒤엔 문을 걸어 잠갔다. 값나가는 물건이 있는 것은 아니지만 문단속을 해야 할 것 같다며 문고리를 단단히 여몄다. 아내는 문고리를 걸 때마다 문을 잠그지 않던 예전을 그리워했다.

팔팔 살아 대가리를 치켜든 파를 물어 터트릴 때면 흘러간 싱싱한 세월이 이 사이로 터져 나오는 것 같았다. 싱그러운 파 향에 덩달아 기분이 좋아졌다. 미지근한 밥 한술이 매운맛을 잡아 주며 입안을 달랬다.

"식사 중이신가베, 우리 집 것 다 됐습니까?"

부산화원 여자가 추념 글귀가 적힌 리본을 챙겨 바쁘게 사라졌다. 젓가락을 내려놓고 장부를 열었다. 장부에서 부산화원을 찾아 '근조 리본 1'이라 기입했다. 오천 원이 더해졌다.

상인들은 나를 글 선생이라 불렀다. 호칭대로라면 글을 가르치는 선생이겠거니 생각하겠지만 엄밀히 말하면 나는 글씨를 쓰는 사람이지 글을 가르치는 이는 아니었다. 젊어 일하던 대서소가 문을 닫으면서 꽃도매시장에서 추념 문구나 기념 문구를 쓰는 동안 글 선생이 되었다.

"글 선생요, 근조 하나 써 주고 가소."

진주화원 안주인의 얼굴이 장미 다발 위로 올라왔

다 사라졌다. 시계는 벌써 여섯 시를 가리키고 있었다.

밤이 시작된 감천 골목은 조용했다. 마을 어귀 벚나무 가지마다 꽃 몽우리가 팥알처럼 달렸다. 가로등은 꼬부라진 골목을 비추고 있었다. 주황색으로 물든 골목길은 계단 아래로 아스라이 사라졌다. 층계참을 디딜 때마다 가로등 불빛을 받은 천마산 자락의 벚꽃 뭉치들이 파도처럼 일렁였다.

퇴근길에 마주한 벚꽃 몽우리가 새삼스럽게 느껴진 것은 끝없이 이어지는 계단을 오십 년 동안 오르내렸다는 생각 때문이었다. 층계참에 멈춰 잠시 숨을 골랐다. 화력발전소의 화려한 불빛이 바다 위로 일렁였다. 골목을 오가던 사람도 늙고 봄마다 피던 꽃도 어딘가로 사라졌는데 골목만은 그대로였다. 얼마지 않아 벚꽃은 꽃눈이 되어 떨어져 내릴 것이다. 가로등이 점점이 박힌 길 어귀는 그 순간을 기다리기라도 하듯 안온해 보였다. 하지만 바람 끝은 차가웠다. 걸음을 서둘렀다. 언덕을 오르는 버스 굉음이 등 뒤를 따라오더니 이내 사라졌다. 순간 적막이 찾아들었다. 한 폭이 안 되는 골목을 사이에 두고 집집마다 불을 밝혔다. 어깻죽지를 따라오는 담벼락 너머 불 밝힌 감천항이 내려다보였다. 손이 시렸다. 주머니에 손을 꽂고 걸음을 재촉했다. 키 작은 여자가 맞은편에서 걸어오고 있었다. 담벼락은 여자의 목 언저리를 따라 오르내렸다. 여자의 어깨가 스치듯 지나갔다. 순간 불어온 바람에 스카프 자락이 흩날렸다. 여자는 어깨를 움츠린 채 골목 끝으로 사라졌다. 곧이어 골목 끝 다섯 번째 문이 열리고 아내가 문밖을 내다봤다.

  며칠 새 햇살은 따스해졌지만, 아침 바람은 여전히 찼다. 출근을 위해 서둘러 버스에 올랐다. 버스 창 너머의 거리는 온갖 글자들로 넘쳐났다. 상가로 출근하는 동안에도 자음과 모음은 제게 맞는 높낮이로 소리를 내는 것 같았다. '아'는 '아'만큼의 높이로 '차'는 '차'만큼의 높이로 소리를 내며 의미를 전달하고 있었다. 매일 아침 글자들의 소리와 뜻을 생각하며 대서소로 출근하던 소년이 칠십 노인이 되는 동안 컴퓨터가 생겨나고 대서소가 사라졌다. 더 이상 사람의 손으로 글을 쓰지 않는 세상이 된 거였다. 그래도 손 글씨를 원하는 곳이 남아 있다는 소리를 듣고 찾아간 곳이 꽃 도매 시장이었다. 이십여 년 꽃에게 달아 줄 글씨를 써 왔지만 이마저도 얼마나 갈지 알 수 없었다. 글 선생을 외치던 상인들도 컴퓨터를 이용해 대량으로 인쇄된 문구를 선호하기 시작했기 때문이었다.

엘리베이터 문이 열리자 꽃향기가 끼쳤다. 겉옷을 벗기도 전에 김 사장이 쪽지를 건넸다. '오늘부터,,, 5'. 벌써 5일째 같은 글자를 받았다. 시린 손을 비비며 종이 위의 글자를 내려다봤다. 글자가 묘한 표정으로 나를 올려다보는 것 같았다. 종이를 펼치고 세필에 먹을 묻혔다. 붉은 리본 위로 먹물이 번졌다. 'ㅇ'과 'ㅗ'가 가지런히 줄을 섰다. 'ㄴ'을 쓰고 'ㅡ'를 긋고 'ㄹ'을 그렸다. '늘' 자의 균형이 중요한데 그럭저럭 균형이 맞았다. 뒤이어 'ㅂ'을 그리다 손을 멈췄다. 위가 트인 항아리에 나무 막대를 걸쳐 놓은 듯 삐뚤어진 가로획이 눈에 들어온 탓이었다. 흔하다면 흔한 글씨체였지만 어딘지 모르게 낯익은 글자였다. 말줄임표를 보자 잊히지 않는 마음이란 말이 떠올랐다. 처음 글자를 본 순간부터 낯익다 느꼈는데 이제야 그 낯익음의 뿌리가 기억났다. 글자들은 그녀의 것처럼, 'ㅂ'은 바구니에 걸쳐 놓은 나뭇가지처럼, 'ㅌ'은 'ㄷ'과 'ㅡ'를 각각 그려 하나로 만든 형태였다. 누구나 나름의 방식으로 글자를 썼다. 그래서 글자의 생김새는 그 사람이기도 했다. 글자들과 함께 가라앉았던 기억이 응결된 결정체처럼 서서히 드러났다.

　단정하게 써 내려간 글씨를 마주한 날은 김성주를 처음 만난 날이기도 했다. 김성주를 기다리며 펼친 편지에는 단정한 글씨들이 차곡차곡 적혀 있었다. 김성주는 접견실 창 너머로 편지를 읽고 있는 나를 바라볼 뿐 말이 없었다. 미결수인 그는 변호인이 아닌 나를 발견하고 잠시 머뭇거리더니 이내 말을 이었다.
　"…이렇게 와 주셔서 …감사합니다."
　사무장이 편지를 건네며 의뢰인 접견을 다녀오라고 한 것은 서류를 대필하고 있을 때였다.
　"…편지를 …대신 좀 읽어 주시겠습니까?"
　김성주는 말끝을 흐리며 고개를 숙였다. 길게 자란 머리카락이 목덜미를 덮고 있었다. 나는 김성주를 대신해 편지를 읽어 내려갔다. 그는 말없이 눈을 들어 허공을 응시했다.

　4월이 시작되었습니다. 성주 씨의 말처럼 4월은 황무지 같은 바람이 부는 것 같습니다. 저는 성주 씨의 편지를 기다리며 제주의 거친 바람을 견디고 있습니다. 답장이 오지 않은 지 두 달이 되어 갑니다. 대학생들은 공부로 바쁘다 하셨으니 바쁜 일이 끝나면 꼭 답장 주세요. 그때까지 저는 잘 견디고 있겠습니다.

추신 : 오늘부터 딱 백 일만 기다리겠습니다. 부디 늦지 않게 답을 주시기 바랍니다.

1983년 4월 10일

성주 씨의 답을 기다리며 제주에서 선희 드림.

오늘부터,,, 1

백 일을 기다려 보겠다는 김선희의 다짐 때문인지 김성주의 침묵은 한동안 이어졌다. 편지지는 백 일을 기다리겠다는 여자의 다짐을 말해 주듯 빳빳하게 날이 서 있었다. 편지 읽기를 끝내자 침묵을 지키던 그가 힘없이 웃었다.

"저 대신… 답장 부탁드립니다."

그는 한숨과 함께 고개를 숙였다. 뒤이어 덧붙인 잊히고 싶다는 말은 그의 심장 어딘가를 흔들고 있는 것 같았다. 맞잡은 손끝이 가늘게 떨렸다.

수험생이었던 김성주는 미분과 적분 사이를 부유하다가 길을 잃곤 했다. 여동생이 즐겨 보던 잡지에 펜팔 신청을 한 것도 그즘이었다. 불안과 무료를 견디고 있을 때 김선희로부터 편지가 온 거였다. 김선희가 부산말을 직접 들어 보고 싶다는 포부를 알려 왔을 때 김성주는 말과 돌이 많다는 제주에 가보고 싶다는 답장을 보냈다. 얼마지 않아 사진이 동봉된 답장이 왔다. 편지에 동봉되어 온 사진 속 소녀는 바다를 등지고 있었다. 김성주는 에메랄드빛 바다와 그 바다에 흩어져 있는 검은 돌을 보며 타국의 누군가로부터 초대장을 받은 것 같아 설렜다.

그렇게 시작된 둘의 편지는 김성주가 대학생이 된 뒤에도 이어졌다. 그가 동아리에서 4.3과 빨치산을 배우고 민주주의와 노동자 연대를 학습하는 동안 김선희는 고등학교를 졸업하고 집안일을 도우며 육지에 대한 동경을 키워갔다. 육지에 대한 김선희의 동경이 커갈 때 김성주는 학생회 임원이 되고 방화 사건에 가담하며 자신의 소신과 믿음을 지켜갔다.

오늘도 부산은 무사한가요? 여기 제주는 유채가 한창입니다. 바쁜 성주 씨의 일상을 상상하며 물질 나간 엄마를 대신해 밥을 짓고 반찬을 만듭니다. 아버지는 엄마가 잡은 해산물을 챙겨 조합에 나가셨습니다. 또, 저의 혼처를 묻고 다니시다 밤늦어서야 돌아오시겠지요. 하루하루 시간을 죽이는 것 같아 마음이 힘듭니다. 눈뜨면 보는 바다와 하늘 그리고 쉼 없이 불어대는 바람 때문에 마음이 어수선합니다. 하지만 성주 씨의 답장을 생각하면 위로가 됩니다.

그럼 언젠가 밟아 볼 육지를 상상하며 이만 줄이겠습니다.

1983년 3월 25일 제주에서 선희 드림.

김성주가 구속되기 전 배달되어 온 편지 속 김선희는 자신의 소소한 일상과 함께 바람을 적어 보낸 것 같았다. 김선희는 백 번의 편지를 보내겠다 다짐하기 전부터 김성주의 답장을 기다렸던 듯했다. 편지를 다 읽고 나자 잠시 침묵하던 김성주는 김선희를 실망시키고 싶지 않다는 말을 남기고 접견실을 나갔다. 그가 떠난 빈자리에 제주의 바람이 떠다니는 것 같아 목덜미가 시렸다. 김성주는 국가 전복 세력이자 방화범이었다. 그는 자신의 처지를 알리지 않고 김선희에게 잊히고 싶어 했다. 김성주를 대신해 편지를 쓸 수 있을까. 사무실로 돌아가는 내내 생각들이 머리를 어지럽혔다.

글자들이 끌어올린 기억의 결정체는 씨간장 항아리의 그것처럼 투박하고 뭉툭했다. 수인번호를 단 김성주와 검은 돌이 뒤섞여 기억의 언저리를 채웠다. 지난 세월 김선희와 김성주를 온전히 잊고 지냈던 것은 아니었다. 기억들은 뜬금없이 찾아와 몇 날 며칠 가슴 언저리에 머물다 잊혔다. 그것들은 과거 대서소 사무실이 있던 건물 앞을 지나거나 옛 법원 건물 앞을 지날 때면 나타났다 사라지곤 했다.

몇 안 되는 성주 씨의 편지를 태웠습니다. 꼭 100번째 편지를 보내는 날이네요. 어쩌면 저는 성주 씨의 답장과 상관없이 100번의 편지를 보내고 싶었던 모양입니다. 아마도 갈 수 없는 육지를 그리워하고 싶었던 것이겠지요. 대답 없는 편지를 보내면서도 지치지 않았던 것은 제주를 떠날 수 없다는 것을 알고 있었기 때문인지도 모르겠습니다. 어제 친구 오빠의 청혼을 받아들이면서 저는 제주에 머물기로 했습니다. 성주 씨와 육지를 그리워하며 나이 먹어 가겠습니다.

1985년 6월 18일 제주에서 김선희가

오늘부터,,, 100

재판이 끝난 뒤 교도소로 이감된 김성주를 찾아간 날은 김선희로부터 백 번째 편지를 받은 날이었다.

"고맙습니다."

짧은 머리에 어색한 미소를 머금던 김성주는 김선희를 비워낸 자신을 용서해 달라고 했다.

"인간에 대한 본질적 신뢰를 저버린 것이 가장 큰 죄라는 생각이 들었어요. 한 인간의 마음도 다독이지 못하면서 어떻게 인간 해방을 논하겠습니까. 이곳에서 죗값을 치르고 싶습니다."

창살 너머의 김성주는 홀가분해 보였다.

"안녕히 가십시오. 정말 감사했습니다."

접견실 너머로 사라지던 김성주의 뒷모습은 오랫동안 기억에 남았다. 하지만 시간은 모든 것을 시들게 했다. 저 아무리 아름다운 꽃이라도 십여 일을 못 견디듯 마음에 애잔한 서글픔을 안겨줬던 김성주와 김선희에 대한 기억도 서서히 잦아들더니 결국 희미해지고 말았다. 기억은 그렇게 무뎌진 줄 알았다. 그러나 익숙한 글자들을 보자 김선희와 김성주가 다시 떠올랐다. 수아화원 쪽에서 바쁘게 부르는 소리가 들렸다. 몇 안 되는 글자를 아직도 못 썼냐는 핀잔과 함께 김 사장 얼굴이 다가왔다. 서둘러 붓을 움직였다. '오늘은… 5'. 글자들이 리본 위로 빠르게 스며들었다. 김 사장의 바쁜 손이 리본을 채갔다. 돋보기 너머 서두르는 김 사장의 등이 보였다. 붓 뚜껑을 닫고 먹물통을 서랍 속에 넣으려 할 때 분홍색 모자를 쓴 여자가 다가왔다.

"저는 이렇게 써 드렸는데, 왜 이렇게 쓰셨어요?"

여자가 자신의 글자가 적힌 종이와 함께 김 사장에게 건네받은 리본을 내밀었다. 종이에는 쉼표 세 개가 그려져 있었다. 반면 붓으로 쓴 리본에는 마침표 세 개가 찍혀 있었다.

"마침표는 끝났다는 뜻이잖아요. …번거롭겠지만 쉼표로 다시 적어 주시겠습니까?"

담담한 목소리와 달리 여자의 눈빛은 단호했다. 나는 서둘러 새 리본을 펼치고 붓 뚜껑을 열고 먹물을 벼루에 따랐다. 세필을 쥔 손이 가볍게 떨렸다. 잠시 머뭇거리다 첫 획을 그었다. 아이처럼 자그마한 몸피의 여자가 나를 올려다봤다. 나는 서둘러 고개를 숙였다. 잠시 호흡을 가다듬고 다시 글을 쓰기 시작했다. 획을 그을 때마다 여자의 눈길이 붓끝을 따라왔다. 여자는 글이 완성될 때까지 곁에 서 있었다. 나는 여자에게 리본을 건네며 실수에 대해 다시 한번 사과했다.

"아닙니다. 제가 좀 유난스럽죠. 죄송합니다."

여자의 사과가 되돌아왔다. 곁에 섰던 김 사장이 꽃다발에 리본을 묶자 여자는 꽃다발을 들고 서둘러 상가를 나갔다. 여자가 떠난 뒤 김 사장은 실수 없던 사람이 실수하는 걸 보니 글 선생도 늙었다며 헛웃음을 흘렸다.

수평선이 보일 만큼 날이 맑았습니다. 5.16 도로 중턱을 지나 중산간 도로로 접어들면 서귀포가 내려다보이는 마을이 있습니다. 오늘은 그 마을에 제사가 있는 날이었습니다. 제삿날이면 더욱 무서워지는 아버지를 피해 집을 나서던 참이었습니다. 하지만 아버지에게 끌려 들어와 방 안에 갇혔습니다. 아버지는 제주 남자와 결혼을 해야 한다며 방 앞을 지키고 계십니다. 오늘도 아버지는 육지 것과 결혼을 시키느니 저와 함께 바다로 들어가고 말겠다며 울부짖습니다. 육지 사람과 아버지 사이를 가로막는 것을 걷어낼 방법은 없는 것 같습니다. 방에서 놓여나게 되면 우체국으로 가 편지를 부치겠습니다.

　　늦지 않은 답장을 기대하며 제주에서 선희 드림.

　　　　1983년 5월 10일 오늘은,,, 30

　　자신을 유난스럽다 말한 여자가 가고 한동안 기억
속을 훑었다.

　　서른 번째 편지를 받고 난 뒤 편지에 대한 답장을
어쩌지 못해 애꿎은 서랍장만 여닫았다. 책상 서랍에
넣어 둔 김선희의 편지를 꺼내 펼친 것은 대서소 불
이 꺼지고도 한참이 지난 뒤였다. 지나가는 자동차
불빛만이 빈 사무실을 비췄다. 자동차가 지날 때마다
어둠이 사라졌다 다가오기를 반복했다. 김성주의 부
모로부터 전해 받은 편지 뭉치에서 김선희의 사진을
꺼냈다. 사진 속 김선희는 어딘가를 응시한 채 서 있
었다. 돌과 바람이 많다는 제주는 어떤 모습일까. 달
력 사진이나 텔레비전 화면으로만 만났던 제주는 마
치 세상에 존재하지 않는 곳인 듯 아득하기만 했다.
하지만 그곳에도 사람이 살고 육지를 동경하는 사람
이 있다는 사실이 놀라웠다. 제멋대로 부는 바람처럼
뜬금없이 번지는 생각을 어쩌지 못해 편지지를 접었

다 펴기를 수없이 반복했다.

이별을 고할 뾰족한 핑계가 떠오르지 않았다. 무엇보다 김성주의 마음을 대변할 말이 떠오르지 않아 괴로웠다. 그러다 문득 군입대를 떠올렸다. 군입대야말로 불가항력적 상황이라 생각했다. 하지만 너무 무성의한 핑계 같아 망설여졌다. 김선희의 마음을 하찮게 만들어서는 안 될 것 같았다. 편지를 보내오는 그녀의 마음이 별것 아닌 것이 되게 하고 싶지 않았다. 하지만 김선희의 마음을 위로할 방법은 떠오르지 않았다. 고민 끝에 결국 답장을 보냈다. 군입대라는 하찮은 핑계 끝에 김성주라는 이름을 썼다. 그 이름 석 자를 쓰기 위해 머뭇거린 것은 진실 때문이었다. 김선희가 알아야 할 진실은 답장을 쓰는 이가 김성주가 아니라는 사실이어야 했다. 하지만 육지를 향한 김선희의 동경을 훼손해선 안 될 것 같았다. 편지를 접어 우체통으로 가는 내내 잊히고 싶다는 김성주의 말이 밟혀 걸음이 헛도는 것 같았다.

여자가 꽃다발을 들고 사라지고도 몇 개의 글을 더 썼다. 추념문구와 기념문구를 번갈아 쓰는 동안 오후가 찾아왔다. 오후로 접어든 상가는 내일 장사를 준비하느라 바빴다. 김해화원 김 군이 점심 안부를 묻으며 밀차를 밀었다. 노란 꽃대를 수줍게 떨군 수선화 화분들이 글방 앞을 지나갔다. 그러고 보면 시대에 따라 유행하는 꽃들도 달라졌다. 시절마다 생각이 바뀌듯 꽃들도 그런 것 같았다. 하지만 계절 없이 화원을 채우는 꽃들도 있었다. 국화나 백합처럼 시절이 바뀌어도 변하지 않는 꽃들이 있다. 김성주와 김선희의 이별은 국화나 백합처럼 내 기억 속에 박혀 있었던 것임을 새삼스럽게 깨달았다.

진주화원 안주인이 메모를 건넸다. 메모에는 '축 결혼기념일. 25주년 축하드립니다.' 납작하고 올망졸 망한 글들이 반듯하게 쓰여 있었다. 누군가는 고인의 명복을 빌고 누군가는 축하를 보내는 곳에서 이십여 년을 보냈다. 그동안 두 개의 감정 모두에 충실하기 위해 노력했다. 명복에 담긴 위로와 축하에 담긴 기쁨은 양날의 칼처럼 나란히 붙어 있는 것이었다. 문득문득 떠오르던 김선희의 편지와 김성주의 외면도 나란히 다가왔던 것 같다는 생각이 들었다.

푸른색 스커트를 입은 여자가 축하 문구가 적힌 꽃다발을 들고 글방으로 왔다. 여자는 문구 끝에 작은 하트 하나를 더 그려 달라고 했다. 먹물을 부어 붓

을 적시자 여자는 눈을 반짝이며 진짜 먹물로 쓰는
줄 몰랐다며 놀라워했다. 이웃한 옛날화원 여주인이
젊은 상인들은 컴퓨터로 인쇄한 문구를 구입해 쓴다
며 목소리를 낮췄다. 문구 끝에 앙증맞은 하트 하나
가 매달렸다. 꽃다발을 받아 든 여자의 경쾌한 발소
리가 빠르게 사라졌다.

　　포근한 상가와 달리 밖은 추웠다. 시간은 4월을
향하는데 계절은 2월에 머문 듯 어깨가 움츠러들었
다. 사람들 틈에 끼어 버스를 기다렸다. 오가는 버스
엔진 소리가 요란했다. 무표정한 얼굴로 버스를 기다
리는 모습은 예나 지금이나 변하지 않은 것 같았다.
옆에 서 있던 남자가 정류소로 다가오는 버스를 향해
빠르게 걸었다. 얼마 지나지 않아 17번 버스가 도착
했다. 변하지 않는 또 하나가 있다면 감천으로 가는
17번 버스일 것이다. 버스에 오르자 노약자석에 앉았
던 청년이 자리를 양보했다. 어색한 순간이었다. 아직
은 견딜 만하다 생각하는데 젊은이들 눈에는 견디지
못할 것처럼 보이는 모양이었다. 가끔 자리를 양보하
는 젊은이들을 보면 말없이 자리에 앉았다.
　　부산역을 지나고 중앙동을 거쳐 남포동에 도착했

을 때 분홍색 모자를 쓴 여자가 앞 좌석에 앉았다. 여자는 정면을 응시한 채 버스 좌석 손잡이를 움켜잡았다. 자신을 유난스럽다고 말했던 여자의 손은 거칠지만 정갈해 보였다. 여자는 정면을 응시한 채 생각에 빠진 것 같았다. 그녀라는 확신은 없었지만 그녀일지도 모른다는 의심이 일었다. 백 번째 편지에 이별을 고했던 김선희일 리 만무하지만 백 번째 편지에 결혼 사실을 밝히며 괴로워하던 김선희일지도 몰랐다. 혼란스러웠다. 김성주와 김선희 사이에서 놓인 채 이러지도 저러지도 못했던 지난 시간이 창밖 풍경과 함께 스쳐 지나갔다.

글 모르는 이를 대신해 글을 썼고 바쁜 사무장을 대신해 서류를 작성했다. 누군가를 대신해 글자를 써주는 사람이었으니 내 이름을 밝힐 일도 없었다. 타인의 생각을 받아쓰고 상사의 업무를 대신했기에 작성자는 언제나 그들이었다. 그러고 보면 누군가가 원하는 축하와 위로 문구를 쓰고 있는 지금도 대신하는 삶은 변하지 않은 것 같았다. 문득문득 떠오르는 상념들이 버스처럼 흔들렸다.

버스가 감천동 입구로 접어들었다. 곡각지점을 지날 때 여자의 몸이 왼쪽으로 쏠렸다. 앙상한 손가락이 손잡이를 더 세게 움켜잡았다. 오르막을 오르기 시작한 버스가 그르륵거리며 거친 소음을 쏟아냈다. 고개를 돌린 여자의 턱선이 버스 창에 비쳤다. 가늘고 긴 실처럼 얇은 턱선 아래 그보다 더 가는 목선이 드러났다. 여자의 얼굴에서 사진 속 김선희를 찾을 수는 없었다. 창을 통해 유리에 비친 그녀를 바라보고 있는 내 모습이 보였다. 듬성듬성한 머리카락과 늘어진 주름이 흐릿하게 비쳤다. 먼 곳을 보는 여자의 주름 역시 흐릿하게 흔들리고 있었다.

버스가 오르막 차로 끝 정류소에 도착하자 여자가 서둘러 내렸다. 내릴 순간을 놓친 내가 잠시 머뭇거리는 사이 버스 출입문이 닫혔다. 순간 버스 문을 두드렸다. 그러자 닫히던 문이 다시 열렸다. 버스에서 내려서기 무섭게 버스는 출발했다.

"이 동네 사세요?"

버스가 떠난 자리에 잠시 멈춰 서 있자니 앞서 내린 여자가 길 위에 서 있었다.

"노인네 굼뜬 걸 못 기다리나 봅니다."

여자는 기다려주지 않는 버스 기사의 조급함을 탓했다. 그러더니 다친 곳은 없는지 물었다. 문제없다는 내 대답에 여자가 다행이라며 걸음을 뗐다. 여자는 같은 방향을 향해 가듯 나와 나란히 걸었다. 감천 입구의 가파른 길을 지나 골목으로 접어들었다. 오늘따라 집으로 가는 길이 낯설어 걸음이 더뎠다. 오십 년을 지나온 길인데 이리도 낯선가 싶어 자꾸 고개를 두리번거렸다. 나와 달리 여자는 익숙한 곳을 가듯 거침없이 걸음을 뗐다. 굽어지고 가파른 골목길을 사뿐사뿐 걷는 여자의 뒷모습은 작고 소박했다.

"여기서 오래 사셨어요?"

골목 초입에 들어선 여자가 숨을 고르며 물었다. 열세 살부터 지금까지 이 동네 살고 있다는 말을 듣더니 여자가 그러냐며 맞장구를 쳤다.

"그럼 평생을 사신 거나 다름없네요. 저는 여기서 잠시 지내는 중이에요. 딸아이가 방을 잡아 줘서요."

여자에게 여행 중이냐 물었다. 여자는 제주에서 서울을 거쳐 부산까지 온 거라 했다.

"딸애가 출산을 했어요. 산후조리를 해 주고 부산으로 온 거랍니다."

여자의 말투는 다정했다. 자신의 딸이 눈앞에 있기라도 한 것처럼 뿌듯하게 웃었다.

"만나고 싶은 사람을 만나서…."

말끝을 흐리는 여자의 눈이 맑게 빛났다.

"저기, 벚나무 아래가 참 마음에 들더라고요. 숙소로 돌아오는 길에 여기 앉았다 가곤 해요."

여자는 골목 어귀 벚나무 의자에 자리를 잡고 앉았다. 감천항은 정박 중인 선박과 화력발전소 불빛을 받아 은은하게 반짝였다.

왜 우리 젊을 때 펜팔 친구 있었잖아요? 잡지에 신청해서 편지 주고받는 거요. 제가 그걸 했어요, 여고 졸업반일 때. 그냥 육지가 궁금했어요. 지금이야 미국이든 중국이든 수월히 드나들지만, 그때만 해도 제주에서 육지 가는 것이 쉽지 않았거든요. 뉴스에서 맨날 보는 곳인데 갈 수 없는 곳이 육지였어요. 기차도 있고, 강도 있다는 육지는 어떤 곳일까 궁금해하며 컸어요.

어느 날 짝꿍 집엘 갔는데 그 언니가 보던 잡지가 있더라고요. 어디서 구했는지 철이 한참 지난 거였어요. 철 지난 잡지라지만 제주에선 그것도 귀한 거라 친구 방에 쭈그리고 앉아 그걸 뒤적거렸죠. 잡지에는 옷도 많고 사람도 많더라고요. 알록달록한 사진을 보는데 육지에 가고 싶어 죽겠더라고요. 그러다가 펜팔난을 봤어요. 거기 적힌 주소 중 하나를 결정해 편지를 보내고 답장이 오면 펜팔이라는 것이 되는 거더라고요.

왜 서울이 아니라 부산이었냐고요? 가능성이 있다고 생각했으니까요. 부산 영도에는 제주 해녀들이 많이 산다고들 했어요. 짝꿍의 이모할머니 가족이 부산 영도에 산다고 하더라고요. 제주 사람이 사는 곳이라 하니 나도 갈 수 있겠구나 싶었어요. 그래서 부산에 산다는 고3 남학생에게 편지를 쓰기 시작했어요. 남자를 선택한 거요? 그 나이 때야 이성에 관심이 가는 때 아니겠어요? 저도 그랬던 거죠. 부산이라는 육지에 사는 남자는 어떨까 궁금도 하고 부산에 가보고도 싶고 그랬던 거 아닐까요. 처음엔 한 달에 한 번 편지를 주고받았어요. 그러다가 편지 주고받는 횟수가 늘었어요. 그 남학생도 제주가 궁금하다며 대학에 합격하면 꼭 제주에 오겠다고 하더라고요. 그분이 대학생이 된 뒤에도 편지가 오갔죠. 그 남학생이 제주에 왔냐고요? 아니요. 학생회 활동으로 바빠 통 짬이 없다고 했어요. 그러니 저더러 부산으로 올 수 없냐고, 자기가 다니는 대학도 구경시켜 주고 낙동강에서 배도 태워 준다나요?

그런데 언제부턴가 그분에게서 답장이 오지 않

왔어요…. 무슨 일인가 싶어 계속 편지를 보냈어요.
네… 답장이 없는 편지를 보냈죠. 아버지가 제주 남
자에게 시집을 가야 한다고 난리를 치는 통에 마음이
바빴어요. 그때만 해도 제주 사람들이 육지 사람을
싫어하는 이유를 몰랐죠. 지금에야 좋은 세상이니 말
이라도 해 볼 수 있지만 그때만 해도 나라가 가족을
죽였다는 이야기를 입 밖에 못 내던 때였으니까요.
할아버지와 할머니가 육지에서 온 군인 손에 죽고 아
버지는 육지 사람하고는 말도 섞지 않았어요. 육지
사람은 원수라 생각했으니 육지 남자와 편지질하는
딸을 그냥 두고 볼 리 없었죠. 고등학교 졸업식 날부
터 아버지의 감시가 심했어요. 어딜 가냐, 언제 오냐,
누굴 만나냐며 옴짝달싹 못 하게 하더라고요. 집에서
살림 살다 아버지가 정해준 사람한테 시집가야 한다
는 거였죠.

처음엔 그 사람이 부담스러워할 것 같아 조심스러
웠어요. 그때 저는 도피처가 필요했던 것 같아요. 제
주가 징글징글했어요. 가까이 보면 흙먼지 날리는 검
은 흙바닥이고 멀리 보면 하늘인지 바단지 모를 허공
만 있는 거예요. 바람이 머리카락을 휘감아 돌면 정
신이 없었죠. 돌담보다 낮은 집과 마당을 쳐다보고

있으면 답답한 생각이 들어 훌쩍 오름을 오르곤 했어요. 뱀과 지네는 볼 때마다 진저리가 쳐지고 일렁이는 파도는 아무리 봐도 적응이 안 되는 거예요. 그러니 제 속에 육지가 자꾸자꾸 커진 거죠.

아버지 고집이 심해지니 저도 어쩔 수 없더라고요. 딱 백 번만, 그래 백 번만 편지를 써 보자. 그런데 어느 날 남자로부터 군입대를 하게 됐다며 답장이 왔어요. 제대할 때까지 기다리라고 했다면 기다릴 마음이 었는데 그냥 입대란 말만 있었어요. 그래도 포기하지 않았어요. 그런데 아흔아홉 번째 편지에까지 아무런 답장이 없더라고요. 결국 백 번째 편지를 끝으로 편지 보내기를 그만둔 거죠. 남자가 군대 간다면 잊으란 소리라고요? 그렇다고 하더라고요. 제가 그걸 몰랐다기보단 그냥 조르고 싶었던 거죠. 육지에 가고 싶어서….

도망을 가도 제주 안이니 별수 없이 제주 남자한테 시집을 갔어요. 애 하나 낳고부터 남편이 무서워졌어요. 애 아버지한테 맞다, 맞다 친정집으로 도망쳤죠. 술을 깨면 멀쩡한 사람이 술만 마시면 무섭게 돌변하니, 딸 하나 데리고 맨몸으로 친정으로 갔어요. 그때부터 몸이 아팠어요. 죽는 것도 쉽지 않더라고요. 아무리 노력해도 안 죽더라고요. 아버지는 죽으려 드는 나 때문에 병이 나고 나는 아버지 바람처럼 잘 살아주지 못해 병이 나고, 그런 세월이었어요. 선생님은 애가 몇이에요? 아, 둘이시구나. 우리 딸은 아파서 미쳐 돌아가는 엄마 때문에 고생 많이 했어요. 세상 몹쓸 병이 거식증이더라고요. 밥 한술을 넘기기 무섭게 되올리니 기운이 달려 살 수가 있어야죠. 엄마가 밥을 못 먹으니 우리 딸도 저처럼 말라비틀어졌어요. 애미가 못 먹으니 전들 먹는 걸 봤어야 잘 먹죠. 그래도 그 애가 서울로 대학 가서 자리를 잡더니 잘 살고 있어요. 시집가 잘 살아요. 딸아이가 잘 살아주니 얼마나 고마운지 몰라요.

여자는 긴 얘기 끝에 쓸쓸한 웃음을 흘렸다. 골목마다 불을 밝힌 가로등이 반짝였다. 벚나무 가지 사이로 어제보다 따뜻한 바람이 불었다. 항구를 바라보던 여자가 가방에서 보온병과 종이컵을 꺼냈다. 기관지가 좋지 않아 생강차를 장복 중이라며 컵에 차를 따랐다. 향긋한 생강 향이 주위를 감쌌다. 여자는 늙으니 주책이 느는 것 같다며 혼자 웃었다. 그렇지만 들어줄 이가 생겨 다행이란 듯 이야기를 이어갔다. 서울에서 살고 있다는 딸과 손주 이야기를 하면서 내게 맞장구를 원했다. 난 고개를 끄덕이며 여자의 이야기에 귀를 기울였다. 여자는 '그렇지 않겠어요, 선생님?' 이라는 반문을 반복적으로 던졌다. 자신의 삶에 동의해 줄 수 없냐고 묻는 것 같아 마음 한구석이 아렸다. 그러면서 여자의 이야기를 들어주어야 할 사람은 내가 아니라 김성주란 생각이 들었다. 하지만 김성주 대신 여자의 편지를 읽어 줬던 그때처럼 벚나무 아래 가만히 앉아 여자의 이야기를 들었다.

이상한 글을 써 달라고 해 죄송해요. 그런데 꼭 그렇게 쓰고 싶었어요. 딱 백 일 동안만 만나고 잊어버리려고요. 그 사람이 요양병원에 있더라고요. 가족도 없이 혼자 늙어 병든 거예요. 제가 많이 찾았어요. 왜 그렇게 답장을 안 한 건지 묻고 싶어서요. 그런데 답을 들을 수 없다는 걸 확인하고 나니 오히려 마음이 편하더라고요. 만나기 전에는 그 사람 의중이 궁금했어요. 정말 내 마음을 몰랐을까, 알면서 외면한 거라면 왜 그랬을까 하고 말이에요.
의식 없는 모습을 보니 마치 잠들어 있는 것 같더라고요. 이거 봐요, 김성주 씨 하고 부르면 푸시시 일어날 것 같은데 잠을 자듯 미동이 없어요. 몇 년 전 뇌출혈로 쓰러졌다는군요. 외롭게 병석에 누운 그 사람을 보니 답장을 못 한 것 같기도, 하고 안 한 것 같기도 하고… 후훗. 이제 와 무슨 소용인가 싶기도 하고….

큰 사건 때문에 오랜 시간 감옥에 있었더라고요. 몇 년 전 그 사람이 다니던 대학교를 찾아갔어요. 제 딸이 많이 도와줬어요. 엄마가 찾는 그 사람 찾아보자고 나선 게 우리 딸이었거든요. 요즘 애들은 똑똑해서 우리가 생각지도 못한 것들을 척척 해내기도 하잖아요. 딸이 그 사람을 찾았단 소리를 들었을 땐 놀랍기도 하고 괜한 짓을 하나 싶기도 했어요. 그렇게 큰 사건에 연루된 사람인 줄 몰랐어요. 어쩌자고 그런 큰일을 저질렀나 싶다가도 그 사람도 생각이 있었겠지 싶더라고요. 딸이 그러데요, 우리 아버지랑 그분이랑 생각이 똑같았을 거라고. 그러면서 그 사람은 우리 아버지 같은 사람들을 대신하다 감옥에 가게 된 거라 그러더라고요. 정말 그랬을까요? 저희 아버지는 원수를 못 갚고 간다고, 할머니 할아버지가 그렇게 돌아가신 이유를 다 알지 못하고 간다고 아쉬워했어요. 우리 아버지가 그 사람을 알았다면 그렇게 죽자고 반대했을까요? 그 사람이랑 우리 아버지랑 생각이 같았다면 육지 사람이어서 안 된다고 하지는 않았겠지요? …아버지는 돌아가신 지 오래고 그 사람도 쓰러져 누운 지금, 두 사람 생각이 같았다고 한들 무슨 소용이겠어요. 안 그래요, 선생님?

밤이 서서히 깊어 가고 있었다. 여자는 종이컵에 남은 생강차를 더 따르더니 나에게 권했다. 차의 따듯한 온기가 손바닥으로 전해졌다. 항구의 불빛과 손안의 생강차 덕분에 마음에 훈기가 돌았다. 잠시 말을 멈춘 여자가 후후 불며 생강차를 마셨다. 생강 향이 어두운 허공으로 흩어졌다. 컵에선 쉬지 않고 연기가 올랐다. 작은 종이컵 하나만큼의 온기가 주변의 공기까지 데우고 있는 듯했다. 등대 불빛과 함께 바다를 건너온 바람까지도 훈훈했다.

오늘이 닷새째 되는 날이네요. 앞으로 아흔다섯 번 더 그분을 만나러 갈 겁니다. 선생님께서 계속 꽃다발 글 써 주실 거죠? 먹물 묻은 붓으로 글씨를 써 주셔서 그런지 글씨에서 냄새가 나더라고요. 먹 냄새요. 제가 그 냄새를 좋아해요. 그 사람이 보내온 편지지에서 나던 냄새거든요. 하얀 편지지에 쓴 글인데 먹 냄새가 나 친구한테 물었어요. 그랬더니 그런 걸 체 취라 한다나요? 육지에서 배를 타고 몇 날 며칠 배달 되는 동안에도 그 냄새가 사라지지 않을 수 있는 것 인지 궁금했어요.

"그러고 보니 선생님한테도 그 냄새가 나네요. 먹 물 냄새요."

여자가 배시시 웃었다. 평생 먹물로 글씨를 써서 그럴 수도 있겠다 싶었다. 먹 향이 내게로 건너와 내 가 된 것일까. 사람에게 어울리는 냄새나 빛깔은 시 간이 주는 선물이란 생각이 들었다. 사람이 산 시간 은 그렇게 그 사람이 되고 그 사람의 냄새가 되는 것 일 테지.

그 사람을 방문하는 동안 여기서 지내기로 했어 요. 편지 주소들을 더듬어 물었더니 감천이라고 하더 라고요. 그때야 감천이 어딘지 어찌 알겠어요. 그런데 딸이 그러더라고요, 여기가 거기라고. 여긴 참 정겨운 곳 같아요. 골목도 아담하고 집들도 앙증맞고, 좀 낡 아 그렇지 묘하게 포근하네요. 그래요? 제가 방문객이라 그리 느끼는 건가요? 하긴 제주도 그래요. 먹을 것 없고 볼 것 없는 제주에 왜 사람들이 모여드는지 알다가도 모르겠더라고요. 사람 사는 곳이 다 그런가 보네요. 멀리서 보면 그럴듯해 보이고 가까이서 보면 가시덤불이고. 여기가 집이세요? 아담하니 좋네요. 인연이 깊네요. 선생님과 한 골목에 지내고 있다니 말이에요. 내일 꽃 받으러 갈게요. 오늘 반가웠습니다. 안녕히 들어가세요.

여자는 어둠이 내려앉은 골목 끝자락으로 사라졌다. 긴 시간 끝에 만나게 된 지난 시간이 밤공기를 타고 내리는 안개처럼 눈앞에 어른거렸다. 세월은 제 속도로 흘렀을 텐데 빈속인 듯 헛헛하기만 했다. 허무하게 흐른 시간 뒤로 가로등이 제 몫의 빛을 발하며 묵묵히 서 있었다.

캔 이야기

캔이 철제 계단에서 내려설 때 여자는 무릎을 꿇으며 주저앉았다. 뒤따르던 이들이 소리를 지르자 앞서가던 사람들이 뒤돌아섰다. 매니저의 날 선 눈빛이 사람들 머리를 건너왔다. 선글라스 위로 보랏빛 사암 덩이가 선명하게 보였다. 바위가 보라색으로 빛난다는 것은 빛이 암석층 중앙으로 쏟아지고 있다는 의미였다. 그리고 그것은 곧 오후 4시가 되어 간다는 뜻이기도 했다. 마지막 탐방팀의 안내가 끝나가고 있는 시점에 벌어진 돌발 상황은 매니저를 긴장시키기 충분해 보였다.

캔, 지금 바로 나와 줄 수 있어? 세비와 마크가 전화를 받지 않아….

문자열에서 조급함이 느껴졌다. 세비는 1초마다 1달러짜리 지폐를 갈아 마시는 파친코 기계에 자신의 잠과 돈을 바쳤을 것이다. 펑크 낸 두 사람을 대신해 캔과 드라이비가 필요할 터였다. 캔은 매니저의 문자를 확대했다. 알파벳들이 빈틈없이 일렬로 늘어서 있었다.

힘들까? 드라이비는 곧 출발하겠대. 캔도 와 주면 좋을 텐데 말이야….

도로 위를 달리고 있을 드라이비가 떠올랐다. 끝이 보이지 않는 아스팔트. 도로의 소실점은 너무도 막연해서 달리고 있다는 사실마저 잊게 했다. 그런 도로를 달리고 있을 드라이비를 생각하자 녀석의 막연함을 걷어 줘야 할 것 같았다. 캔은 침대를 박차고 일어났다.

지금 출발할게.

문자를 보내고 유니폼을 입었다. 면직물의 유니폼이 어깨를 짓눌렀지만, 캔은 주저하지 않고 차 문을 열었다. 뜨거운 공기가 얼굴로 달려들었다. 열기로 데워진 차에 오를 때 독수리 한 마리가 비상했다. 녀석은 날카로운 시선으로 사막 어딘가에 숨어 있을 먹이를 찾고 있을 것이다.

도로 위로 접어들자, 바위 언덕을 빠르게 내달리는 줄무늬 다람쥐가 보였다. 자이언 캐니언 기념품점에서 일하는 빌은 가끔 캔에게 사진을 보내왔다. 빌이 보내온 사진에는 여러 인종의 관광객과 익살스러운 다람쥐 모습이 담겨 있었다. 어제 빌이 보내온 사진 속 다람쥐는 먼지를 뒤집어쓴 채 쓰레기통 아래 잠들어 있었다. 캔은 다람쥐 모습이 담긴 사진을 볼 때마다 어색함을 느꼈다. 도토리가 존재하지 않는 곳의 다람쥐라니. 아이들이 사라진 놀이공원만큼이나 어색한 것 같았다. 바위 언덕의 다람쥐는 땡볕을 피해 어디론가 사라졌다. 캔은 엔텔롭을 향해 차의 속도를 높였다.

어느새 달려온 매니저는 여자의 상처를 들여다봤다. 피부가 벗겨진 여자의 무릎에 피가 맺혔다. 남편으로 보이는 남자는 난처한 얼굴로 여자 곁에 서 있었다. 부부의 자녀들은 상기된 얼굴로 그들의 부모를 바라볼 뿐이었다. 치료가 필요하냐는 매니저의 물음에 여자는 괜찮다며 웃었다. 그녀는 남편과 몇 마디 주고받더니 문제없다는 듯 다리에 붙은 모래를 털어냈다. 상황이 정리되자 앞선 팀들이 다시 걸음을 옮겼다. 그때 한 여자가 다가왔다. 여자는 연고와 밴드를 손에 들고 있었고, 그녀 뒤에는 드라이비가 서 있었다. 상처 입은 여자와 밴드를 들고 온 여자 사이에 한국말이 오갔다. 밴드를 든 여자가 상처 입은 여자의 무릎에 연고를 바르고 밴드를 붙였다. 상처 입은 여자가 연신 고개를 주억였다. 고맙다는 인사를 나누는 듯했다. 그들을 지켜보던 드라이비가 괜찮냐 물었다. 상처 입은 여자가 영어로 답했다.

"노 프라블름. 아이 엠 오케이."

부러질 듯 올곧은 발음들이 나선형 바위를 울리며 하늘로 솟았다. 드라이비는 부드러운 미소를 머금으며 엄지손가락을 올렸다. 그들을 지켜보던 매니저가 출발하라는 손짓을 하자 드라이비는 자신의 팀 쪽으로 이동했다. 주머니에 손을 찌른 채 계단을 오르는 드라이비 뒤쪽으로 오렌지빛 햇살이 흘러내렸다.

드라이비와 캔이 나고 자란 곳은 89번 도로변의

옐로우 버튼이었다. 옐로우 버튼에 있는 것은 드라이비와 캔의 집뿐이었다. 하지만 드라이비는 옐로우 버튼을 마을이라 불렀다. 드라이비가 옐로우 버튼을 마을이라 불러야 한다고 주장하는 이유는 이웃이 있기 때문이라고 했다.

"네가 무료함을 견디고 있을 때 내가 네 곁에 있지? 그게 이웃이야. 가족은 아니지만 가까이 살고 있어 힘들 때 곁에 있어 줄 수 있는 사람."

캔은 드라이비의 설명을 들으며 자신도 옐로우 버튼을 마을이라 불러야겠다고 생각했다. 5마일 떨어진 핑크 스톤에 살고 있는 친구들은 드라이비와 캔을 비웃었다. 십여 가구 이상 모여 사는 자신들의 마을이 진정한 마을이라는 거였다. 하지만 드라이비는 친구들 주장을 무시했다. 십여 가구가 모여 살지만 그들은 이웃이 없다는 이유에서였다.

핑크 스톤에서 벅시 아저씨의 시신이 발견된 것은 그가 죽은 지 두 달이 지난 후였다. 알코올 중독에 빠진 벅시 아저씨에게 관심을 보이는 이웃은 없었다. 이웃 대부분은 마약이나 알코올 중독에 빠진 가족으로 고통받고 있었다. 그리고 그들은 사막에 의지한 채 인디언으로 살아가는 중이었다. 인디언을 기억하는 이들은 많지 않았다. 벅시 아저씨의 죽음이 뉴스에 보도되었을 때 노란 눈썹의 백인은 죽은 사람이 인디언이었냐고 되물었다. 아직도 인디언들이 그곳에 살고 있냐는 듯이 말이다. 드라이비는 벅시 아저씨 곁에 아무도 없었다는 사실을 두 번이나 강조했다. 가족은 아니지만 가까이 살고 있어 힘들 때 곁에 있어 줄 수 있는 사람이 없는 핑크 스톤은 그래서 마을이 아니라는 거였다.

뜨겁고 건조한 바람에 관광객들 얼굴이 붉게 달아오르고 있었다. 무릎에 밴드를 붙인 여자는 다리가 불편한 듯 한쪽 다리를 절뚝거렸다. 앞서 걷는 사람들은 모두 고개를 쳐든 채 느릿느릿 바위 사이를 빠져나갔다. 캔은 바위 아치를 올려다보며 걷는 사람들을 뒤따라 걸었다.

탐방객이 모두 이동한 것을 확인한 캔이 걸음을 옮기려다 무엇인가에 몰두하고 있는 여자아이를 발견했다. 민소매 원피스에 갈래머리를 한 여자아이는 바위틈에 웅크린 채 앉아 있었다. 천장에서 쏟아지는 햇살 한 줄기가 여자아이의 뒤통수를 비췄다. 캔은 여자아이에게로 다가갔다. 인기척을 느낀 여자아이가 고개를 돌렸다.

"부모님과 함께 움직여야지 이렇게 혼자 떨어져 있으면 위험해."

캔은 자신의 영어가 무용하다는 것을 알았지만 그렇게 말해야만 했다. 가끔 바위 주름 사이의 구멍을 발견하는 탐방객이 있었다. 그리고 구멍의 유혹을 이기지 못한 탐방객이 종종 문제를 일으켰다. 탐방객이 구멍에 다리를 넣었다 나오지 못해 구급대가 출동했을 때, 매니저는 탐방객 관리를 하지 못한 세비를 향해 주먹을 날렸다. 캔은 세비의 얼굴로 날아들던 매니저의 주먹을 떠올리며 아이를 향해 무용한 영어로 다시 말을 이었다.

"부모님이 있는 곳으로 가야 해."

아이는 구멍을 가리키며 몸을 일으켰다. 두 개의 동그란 눈이 반짝이고 있었다. 다람쥐였다. 그늘을 찾아 헤매던 다람쥐가 구멍으로 숨어든 모양이었다. 다람쥐는 아이가 일어서는 순간 구멍을 나와 지상 어딘가로 사라졌다. 아이는 아쉬운 듯 다람쥐가 사라진 지상을 바라보았다. 그 순간 다급한 여자의 음성이 들렸다. 무릎을 다친 여자에게 밴드를 건넸던 여자였다. 아이를 발견한 여자가 성급하게 다가와 아이의 팔을 잡아끌었다. 그리고 일행이 기다리는 곳으로 빠르게 사라졌다.

드라이비와 캔의 할아버지는 나바호족 통신병으로 한국전에 참전했다. 그리고 두 할아버지는 옐로우 버튼으로 돌아왔다. 하지만 할아버지들은 언제나 자신들의 진정한 고향으로 돌아가야 한다고 말했다. 롱 워크에서 살아 돌아온 할아버지의 할아버지들은 사막의 외딴곳에 정착해야 했다. 비옥한 고원지대는 백인의 거주지가 되었고 인디언들은 모래바람이 불어대는 사막지대에 살아갈 수밖에 없었다. 할아버지의 할아버지들은 풀 한 포기 자라지 않는 옐로우 버튼 모래 언덕에 집을 지었다고 했다. 그리고 그들의 후손인 할아버지들 역시 한국전 참전 후 옐로우 버튼으로 돌아왔다. 가슴에 매달린 무공훈장도 할아버지들을 비옥한 고향으로 보내주진 못했다고 했다.

온통 노란빛인 옐로우 버튼은 동틀 녘과 해 질 녘이면 오렌지빛으로 물들었다. 명도만 달라질 뿐 오렌지빛은 단 하루도 거르지 않고 드라이비와 캔의 집을 비췄다. 오렌지빛은 나바호족인 드라이비와 캔의 피부색을 도드라져 보이게 했다. 마음이 황폐해진 할아버지들은 인디언을 닮은 오렌지빛 속에서 조금씩 위안을 찾았다. 드라이비와 캔 역시 자신들을 닮은 햇살을 받으며 인디언으로서 반짝이려 노력 중이었다.

할아버지는 가끔 한국전쟁에 대해 이야기했다. 전쟁기 한국은 폭격으로 초토화되었고, 가족을 잃은 사람들은 슬픈 얼굴로 전쟁을 피해 남쪽으로 이동했다고 했다. 길에 늘어선 시체들, 내려앉은 집들, 파헤쳐진 도로 그리고 그곳을 무감한 얼굴로 걷는 사람들. 그런 모든 것이 전쟁에서 볼 수 있는 것들이라고 했다. 이야기를 들려주던 할아버지는 시체를 들춰 값나가는 물건을 찾는 것은 피란민뿐만은 아니었다며 잠시 말을 멈췄다. 참전병 중 누군가는 금니를, 또 누군가는 죽은 이의 손가락에서 반지를 빼내 주머니에 넣기도 했다며 사포질하던 손을 멈췄다.

"모두 사람이었어. 살아 있는 사람이기 때문에 그랬을 거야."

드라이비의 할아버지는 말끝을 흐리며 멈췄던 사포질을 이어갔다. 전쟁을 알지 못한 병사들 역시 전쟁의 피해자였다는 사실 역시 할아버지가 캔에게 들려준 이야기였다.

"우린 전쟁이라는 것이 누구를 위해 존재하는 것

인지도 모른 채 살기 위해 시체들 옆을 서성였던 거야…. 그때 우린, 그랬어."

캔의 할아버지는 잠시 말을 멈춘 채 생각 속으로 빠져들었다. 죽는다는 건 잊힌다는 뜻이었다. 죽어 잊힌 자들이 산 자를 살게 한 것이라는 할아버지의 말은 모순처럼 들렸다. 그렇다면 살아 있지만 잊힌 인디언은 어떤 존재일까. 세상은 억압과 차별에 맞서 싸워온 흑인들의 삶을 기억했다. 그리고 그들은 흑인들과 함께 살아가는 것이 정당하다고 생각하는 것 같았다. 그러나 보호구역 안에서 삶을 이어가는 인디언은 기억하지 못하는 듯했다. 캔은 가끔 기억된 채 삶을 이어가고 있는 흑인의 후손들이 부러웠다.

전쟁에서 돌아온 할아버지들은 피란민들과 나란히 걷던 그때처럼 나란히 앉아, 세공품을 만들었다. 종이를 쥐었다 펼쳐 놓은 것처럼 제각각의 주름이 손등을 덮고 있었지만, 그들의 미세한 손동작은 단정하고 우아한 장신구를 만들어 냈다.

한국인 탐방객들은 다른 나라 탐방객에 비해 빠르게 이동했다. 캔은 이동하는 한국인들을 보며 전쟁에서 빠르게 벗어나 눈부시게 성장하고 있다는 그들의 나라가 궁금했다. 그들의 빠름이 종종 부상자를 만들었고 매니저를 당황하게 했지만, 그들은 그들의 속도로 이동했다.

마지막 난코스가 기다리고 있었다. 사암 동굴인 엔텔롭은 모래로 인해 미끄러웠고 좁은 틈이 많아 머리를 부딪힐 수 있었으며 가파른 경사와 계단을 조심해야 했다. 엔텔롭을 벗어나는 마지막 출구는 이 모든 악조건을 갖춘 곳이었다. 좁은 틈으로 동굴 상단의 출구가 보였다. 매니저와 드라이비가 긴장한 얼굴로 출구에 서 있었다. 이동하는 사람들로 인해 쉬지 않고 모래 먼지가 일었다. 캔은 출구의 좁은 철제 계단 앞에서 한 사람 한 사람의 손을 잡아 계단참으로 보냈다. 입으로는 쉬지 않고 조심하라는 말을 내뱉었다. 뇌를 거치지 않고 나온 말은 탐방객의 귓전을 스쳐 어디론가 사라질 거라는 걸 알고 있었다. 하지만 말들은 캔의 의지와 상관없이 입에서 흘러나왔다.

"조심해!"

매니저의 날카로운 목소리가 나선형 사암을 타고 퍼져 나갔다. 마지막까지 사진을 찍으려는 남자아이의 발이 미끄러졌기 때문이었다. 아이는 빠르게 중심을 잡았기에 무탈하게 지상으로 올라갈 수 있었다.

매니저는 아이를 향해 무사해 다행이란 표정을 지었지만, 눈빛만은 날카로웠다. 탐방을 시작하기 전 계단을 오르내릴 때는 사진 촬영이 금지되어 있음을 공지했다. 하지만 탐방객들은 매니저의 공지를 귀담아 듣지 않았다. 층계참에서 사진을 찍다 핸드폰을 떨어뜨리거나 발을 헛딛는 일들이 심심찮게 일어났다.

"모두 나왔나요?"

매니저의 사무적인 확인 절차가 끝나자, 드라이비가 캔에게로 왔다.

"유난히 여 · 러 · 가 · 지 일들이 일어나네. 무척 예민한걸."

드라이비는 캔을 바라보며 과장된 표정을 지었다. 엔텔롭 가이드를 나바호족으로 한정한 것은 정부가 인디언에게 베푼 호의였지만, 그 호의가 나바호족의 인간다운 삶을 확정해 주는 것은 아니었다. 책임과 의무를 견디지 못해 가이드를 그만둔 토미는 매니저가 자신의 예민함과 날카로움을 권위라 생각하는 것 같다며 캔에게 하소연했다. 그리고 가이드 제안을 받아들인 캔을 향해 매니저의 권위에 굴복한 삶을 선택한 어리석은 인디언이라 비웃었다. 토미는 마약에 취한 채 인디언 자치회의 문제들을 꼬집었다. 캔은 토미의 삶이 나락으로 떨어진 것은 정부가 인디언을 보호해 주기 때문이라는 매니저의 의견에 동의했다. 돈을 쥐어 줄 것이 아니라 인디언의 위상을 올려 줘야 한다는 매니저의 생각은 일리가 있었다.

드라이비와 캔은 탐방객을 앞세운 채 리셉션을 향해 걸었다. 사막의 해는 뜨는 순간부터 지는 순간까지 쉬지 않고 이글거렸다. 그러나 캔은 한결같은 해가 좋았다. 할아버지는 인디언의 해는 한결같은 거라 믿었지만 아빠는 그렇지 않은 것 같았다. 인디언으로 살고 싶지 않은 아빠는 엄마와 함께 대도시에서 발버둥 치고 있었다. 크리스마스 때마다 집으로 돌아오는 부모님은 그들의 바람처럼 잘 살아가고 있는 것 같지 않았다. 하지만 그들은 더 노력해 보겠다는 다짐을 남긴 채 도시로 돌아갔다.

리셉션 앞이 어수선했다. 무릎에 밴드를 붙인 여자가 그의 남편과 함께 팀장에게 무엇인가를 설명 중이었다. 스낵코너의 파비와 기념품 판매원인 샘이 그들 쪽으로 몰려갔다.

"무슨 일이야?"

드라이비가 파비에게 물었다. 그러자 파비가 드라

이비에게 속삭였다. 순간 드라이비의 얼굴이 굳어졌다. 그 모습을 지켜보던 캔이 드라이비 곁으로 다가갔다. 드라이비가 낮은 목소리로 사람들이 웅성거리는 이유를 설명했다.

"저 남자의 아이가 핸드폰을 화장실에 빠뜨렸대. 그것 때문에 매니저가 난처해하고 있어."

"그건 그들 잘못이잖아? 그런데 왜 매니저가 난처한 거야?"

캔은 이곳에서 종종 벌어지는 일이기에 매니저의 표정이 이해되지 않았다. 가끔 핸드폰이 변기에 빠지는 사고가 발생했다. 그리고 지금의 상황은 그런 사고의 일종이었다.

"저 남자의 말은 미국에 왜 재래식 화장실이 있냐는 거야. 그것도 엔텔롭에 말이야. 애리조나에 재래식 화장실이 존재하는 이유가 뭐냐고 따지는 중인 것 같아."

미국 애리조나주라는 말에 캔은 헛웃음이 났다. 애리조나주의 나바호 인디언 보호구역에는 전기도 수도도 없는 곳이 허다하다는 사실을 한국에서 왔다는 탐방객은 이해할 수 없을 것이다. 이곳에 재래식 화장실이 존재하는 이유를 엔텔롭 가이드 매니저에게 따

져 묻는다고 해서 재래식 화장실이 현대식 화장실이
될 리 만무했다.

"미안하지만 이곳의 화장실은 재래식이다. 그것이
문제가 아니라 당신의 아이가 변기 안으로 핸드폰을
떨어뜨린 것이 확실한지 먼저 확인해야 한다."

매니저의 설명에도 남자는 이해할 수 없다는 표정
이었다.

"캔, 화장실 좀 살펴봐 주겠어?"

매니저는 어쩔 수 없다는 듯 어깨를 으쓱해 보였
다. 캔은 잠시 머뭇거리다, 리셉션 밖으로 나왔다. 오
물 쌓인 변기 안을 들여다봐야 한다는 사실에 자기도
모르게 표정이 일그러졌다. 매니저가 캔에게 그 일을
맡기는 것은 캔의 시력이 유난히 좋다는 사실을 알고
있기 때문이었다. 캔은 햇살이 쏟아지는 주차장을 지
나 화장실 출입문을 열었다. 화장실은 비어 있었다.
아이가 사용한 화장실 문을 살짝 밀어 변기 아래를
내려다봤다. 건조한 날씨 탓에 형태를 유지한 채 쌓
여 있는 오물더미가 보였다. 화장실 오물더미에서 캔
이 발견한 것은, 아이가 빠뜨렸다는 핸드폰이 아니라
문틈으로 스민 햇빛을 받아 반짝이는 팔찌였다. 구
겨진 휴지와 오물 사이에 떨어져 있는 팔찌는 아래로

가라앉지 않은 채 반짝이고 있었다.

오물 위에 놓인 팔찌는 은으로 만든 거였다. 어쩌면 그것은 드라이비와 캔의 할아버지가 태장대 위에서 깎고 다듬은 제품일지 몰랐다. 할아버지들은 전쟁에서 돌아온 뒤 공예품 만드는 법을 배웠고 그 일을 지금까지 이어오고 있었다. 그들이 할 수 있는 일은 그것이 전부였다고 했다. 잠시 팔찌를 바라보던 캔은 서둘러 리셉션으로 갔다.

"화장실 변기에 빠뜨린 게 맞습니까?"

화장실에서 핸드폰을 발견하지 못했다는 캔의 설명을 들은 매니저가 아이의 아버지에게 되물었다. 아이의 아버지는 분명 자신의 아이가 그곳에 떨어뜨렸다고 답했다.

"캔, 미안해. 혹시 동굴 안을 한 번 살펴줄 수 있겠어?"

매니저가 이마를 긁던 손가락을 내리며 캔을 바라보았다. 재래식 화장실 오물더미에서 핸드폰이 발견되지 않았음에도 불구하고 아이의 아버지는 아이가 그곳에서 핸드폰을 분실한 거라며 같은 말을 반복하고 있었다. 매니저의 판단이 옳고 그른 것은 문제가 아닌 듯했다. 아이의 기억이 틀렸음을 증명하기 위해서는 재래식 화장실이 아닌 다른 곳에서 핸드폰을 찾는 것 말고는 방법이 없어 보였다. 그래서 매니저는 바위 아래 좁고 후미진 길로 캔이 내려가 주길 바라는 것 같았다.

리셉션 밖은 여전히 뜨거웠지만 태양의 각도는 지평선 쪽으로 기울어져 있었다. 잠시 후면 사막 아래 바위틈은 서늘해질 것이다. 캔은 서둘러 계단으로 내려섰다. 좁은 틈으로 석양이 스몄다. 보랏빛으로 빛나던 바위가 짙은 갈색으로 변해 있었다. 두 발을 동시에 내딛기 힘든 좁은 철제 계단은 쌓인 모래로 여전히 미끄러웠다. 진흙처럼 부드러운 모래 입자는 몸 곳곳을 파고들 만큼 가늘었지만, 입자들끼리 결속되지 않아 발아래 계단참은 위태로웠다. 넘어지지 않기 위해 발목과 무릎에 힘을 준 채 몸을 구겼다. 그리고 좁은 바위틈 아래로 발을 내밀었다. 곧이어 이마가 부딪히지 않도록 돌출된 바위를 피해 목을 비스듬히 비틀었다. 나선으로 휜 바위들이 일제히 얼굴 앞으로 다가왔다. 캔은 자기도 모르게 눈을 감았다 떴다. 모래 먼지 때문인지 눈알이 따끔거렸다. 캔은 몇 차례 눈을 깜빡이고는 다시 발을 내디디며 계단의 손잡이를 그러잡았다.

캔이 선택한 길은 입구가 아닌 출구였다. 딛고 올라섰던 철제 계단을 반대로 디뎌 내려가는 것은 쉽지 않았다. 몇 차례 멈추기를 반복한 끝에 바닥에 내려설 수 있었다. 바위의 짙은 갈색은 발광하는 오렌지 빛으로 변해 있었다. 캔은 빛을 등지고 계단 아래 틈을 살폈다. 오랜 세월 바위에서 떨어져 나온 모래들이 세월만큼 쌓여 있었다. 지금까지 사암에서 떨어져 나온 모래 입자는 얼마나 될까? 몸을 움직일 때마다 엔텔롭의 시간이 캔을 따라 움직이는 것 같았다. 바위 동굴은 캔의 미세한 동작마저 커다란 소리로 바꿨다. 모래 밟히는 소리가 자그락거렸고 무릎을 펼 때마다 바짓단이 바위를 스치며 사각거렸다. 캔은 몸을 조금씩 움직여 모래 사이에 떨어져 있을지도 모르는 핸드폰을 찾았다. 그리고 직각으로 벌어진 바위틈이나 소복하게 쌓인 모래 위 어딘가에 핸드폰이 놓여 있기를 바랐다. 미국의 애리조나주에 엄연히 존재하는 재래식 화장실 오물 위가 아니라, 수십만 년의 시간을 품은 엔텔롭 어딘가에서 핸드폰이 발견되어야만 나바호 인디언의 생이 기억될 수 있을 것 같아서였다.

앉은걸음으로 계단 주변을 훑고 몸을 틀었다. 그리고 그 순간 계단 안쪽 틈에 사선으로 떨어져 있는 핸드폰을 발견했다. 캔은 몸을 일으키며 매니저에게 전화했다. 신호가 들리지 않았다. 전파가 닿지 않는 곳이 많은 탓이었다. 캔은 계단으로 올라가 다시 전화를 연결했다. 신호음이 채 떨어지기도 전에 매니저가 전화를 받았다.

"드라이비와 갈게. 잠시만 기다려줘."

핸드폰을 발견했다는 설명과 출구 쪽 계단 아래라는 말을 끝내기도 전에 매니저는 전화를 끊었다. 얼마 지나지 않아 드라이비가 계단을 내려오는 소리가 들렸다. 매니저는 바위 위에서 아래를 내려다봤다.

"난 팔이 짧아 꺼내지 못했어."

드라이비는 키가 컸고 팔이 길었다. 그는 계단 아래 좁은 틈으로 긴 몸을 밀어 넣었다. 그리고 잠시 후 핸드폰을 집어 들었다.

"애리조나주에 있는 재래식 화장실에는 핸드폰이 빠질 수 없지!"

한쪽 볼에 모래 먼지를 묻힌 채 드라이비가 비아냥거렸다.

"팔찌라면 몰라도 말이야."

캔은 드라이비를 향해 고개를 주억거렸다. 매니저는 출구에서 아이가 발을 헛디뎠던 순간을 기억해 내더니 그때 떨어진 것 같다는 결론을 내렸다.

매니저와 드라이비 그리고 캔은 리셉션으로 갔다. 그들을 기다리고 있던 아이 아버지가 환하게 웃었다. 그리고 캔에게 악수를 청했다. 그는 고맙다는 인사와 함께 핸드폰이 화장실이 아닌 바위 동굴에서 발견되어 다행이란 말을 늘어놓았다.

매니저는 시간이 지체되었다며 서둘러 일행을 밖으로 안내했다. 핸드폰을 찾은 가족과 그들을 기다리던 일행은 버스로 돌아갔다. 파비는 주방 청소를 시작했고 샘은 기념품 가게 출입문을 닫았다. 홀을 밝혔던 음악과 조명도 꺼졌다. 캔과 드라이비는 갑자기 찾아든 적막을 지나 각자의 차로 돌아갔다. 하늘 가득 석양의 잔영이 번지고 있었다. 캔과 드라이비는 밤이 시작되고 있는 도로 위로 차를 몰았다. 사막 가운데 위치한 페이지는 도심다운 야경으로 물들어 갔다.

"저 친구들 이름이 뭔지 알아?"

소다 잔을 기울이던 드라이비가 물었다. 다람쥐 한

마리가 창 아래 언덕을 빠르게 타고 올랐다. 그러더니 긴장한 듯 고개를 흔들렸다.

"바위다람쥐."

캔은 다람쥐에게서 눈을 떼지 않았다.

"그래, 이곳저곳에서 불쑥불쑥 튀어나오는 녀석이지."

드라이비는 음료를 마시느라 잠시 말을 멈췄다.

"녀석이 한국에서 왔다는 말을 들은 적이 있어."

드라이비의 눈은 바위를 따라 이동하는 다람쥐를 쫓았다.

"그래? 처음 듣는 이야긴데?"

캔은 바위 뒤로 몸을 숨기는 다람쥐를 쫓아 고개를 돌렸다. 등에서 꼬리로 이어지는 검은 두 줄, 완벽하리만치 동그란 눈, 재빠르게 움직이는 두 개의 발, 초콜릿을 그러잡는 앙증맞은 두 손 그리고 주먹만큼 작은 크기. 캔이 알고 있는 다람쥐 모습이었다. 그리고 늘 그렇듯 그것들을 볼 때마다 이질적이란 생각이 들었을 뿐이었다.

"한국전쟁 직후 한국 다람쥐의 귀여움에 반한 유럽인들이 다람쥐를 갖고 싶어 했대. 그래서 한국 정부가 다람쥐를 수출했다나 봐. 유럽엔 바위다람쥐처럼 귀여운 다람쥐가 없으니."

드라이비가 양손으로 타코를 집어 들었다.

"자이언 캐니언과 이곳 페이지에 한국 다람쥐가 서식하게 된 것은 미국으로 이주해 온 유럽인들이 다람쥐를 가져왔기 때문이라고도 하고, 한국 다람쥐를 입양해 방사했다고도 해."

말을 마친 드라이비는 들고 있던 타코를 크게 한입 베물었다.

"녀석들…. 우리랑 비슷한 것 같지?"

캔은 평소 떠올렸던 생각을 털어놨다.

"우리라…. 인디언 말이구나…."

드라이비는 미간을 구긴 채 냅킨을 집었다.

"어울리지 않는 곳에 던져진 존재 같은 뭐, 그런 느낌? 사막에 던져진 나바호족이나 한국이 아닌 곳에 던져진 바위다람쥐나 비슷한 것 같다는 뭐 그런 느낌…. 사람들은 다람쥐의 처음을 기억하지 못해. 우리를 기억하지 못하는 것처럼."

말을 끝낸 캔은 지평선의 노을이 곧 사라지게 될 거란 생각을 했다.

"그런가? 도토리를 구하지 못해 사람들이 던져 주는 초콜릿을 받아먹는 다람쥐나 정부 지원금을 초콜릿처럼 받아먹는 우리나 비슷한 존재들 같긴 하다."

드라이비가 눈을 찡그린 채 웃었다.

"결국 우리는 초콜릿 같은 도박장 건설에 동의했던 셈이군. 초콜릿의 유혹을 거부하기란 쉽지 않을 테니 말이야."

캔 역시 드라이비처럼 눈을 찡그린 채 웃었다. 바위틈의 다람쥐는 어둠 속으로 사라지고 없었다. 동굴로 숨어 들었던 다람쥐는 어디로 간 걸까? 다람쥐를 향해 손을 뻗었던 갈래머리 여자아이는 다람쥐에게 초콜릿을 던져 줬을까? 여자아이 등으로 쏟아지던 햇살이 도로를 지나는 자동차 불빛만큼 아득하게 떠올랐다.

지평선의 노을이 사라지자, 밤은 순식간에 어두워졌다. 돌아갈 시간이었다. 둘은 누가 먼저랄 것 없이 각자의 주머니에서 지폐를 꺼내 음식값을 지불했다. 그리고 결코 끝날 것 같지 않은 89번 도로를 따라 옐로우 버튼으로 돌아갔다.

평범한 하루였다고 생각했는데 피로가 몰려왔다. 찬 공기가 침대 안으로 파고들었다. 캔은 이불 속에 몸을 묻은 채 인스타그램과 유튜브를 넘나들며 잠이 오기를 기다렸다. 몸은 피곤했지만 쉽게 잠이 오지 않았다. SNS 속 세상은 모든 것이 넘쳐났다. 수많은 것들이 삶을 지탱하기 위해 꼭 필요한 것이라며 캔을 유혹했다. 신용카드 번호만 입력하면 모든 것을 가질 수 있었다. 하지만 캔은 신용카드 번호를 입력하지 않았다. 그것들이 자신의 삶을 지탱해 주지 못한다는 사실을 캔은 이미 알고 있었다. 몽롱해진 눈이 감기려는 순간 드라이비로부터 문자가 전송됐다.

우리 집 태양광 집광판이 맛이 가서 배터리 충전이 안 될 것 같아. 내일 아침 나를 데리러 와줄래? 나를 깨워 줄 핸드폰이 곧 사망할 예정이라서 말이야.

드라이비의 표정을 상상할 수는 있었다. 눈썹과 눈꼬리가 위로 올라간 채 웃고 있을 드라이비에게 아침에 집으로 가겠다는 답장을 남긴 채 잠을 청했다.

8월의 강렬한 햇살이 머리 위로 뜨겁게 내리쬈다. 캔은 선글라스를 쓰고 드라이비 집으로 갔다. 문을 두드렸지만, 인기척이 없었다. 캔은 뒷문으로 이어지는 백야드로 갔다.

"캔, 물탱크가 비었어. 너희 집은 어때?"

드라이비는 해치를 연 채 탱크로리 안을 들여다봤다. 캔은 어쩌다 그런 실수를 한 거냐 묻지 않았다. 탱크로리의 물은 방심하는 경우 어김없이 바닥을 드러냈다. 방심은 그림자처럼 인간을 따라다니지 않던가. 수돗물을 공급받지 못하는 지역에서 종종 벌어지는 일이라는 것을 애리조나주 인디언들은 모두 알고 있었다.

"내 방에 가 씻어. 주문 전화는 내가 할게."

캔은 전화기에서 물 배달 회사 전화번호를 찾았다. 그들은 콜로라도 강물을 옐로우 버튼으로 옮겨주는 대가로 돈을 받았다. 물 배달 회사에 물값을 지불할 때마다 왠지 모를 부당함이 느껴졌다. 그들이 받아 가는 돈에는 물값과 배달비가 포함되어 있었다. 그리고 그들이 받아 가는 배달 비용은 수도관을 통해 공급되는 수돗물에 비해 비쌌다. 할아버지는 그런 부당한 상황이 발생하게 된 것은 백인들이 인디언의 강을 빼앗았기 때문이라고 했다. 강을 빼앗은 이들이 강을 빼앗긴 이들로부터 부당한 비용을 받아 가는 셈이었다.

드라이비는 마르지 않은 머리카락을 손으로 털어 내며 차에 올랐다. 캔은 욕실 바닥에 남아 있을 물기를 생각하며 머리를 저었다. 드라이브의 입술이 살짝 위로 올라갔다. 뭐가 문제냐는 표정이지만 드라이비도 알고 있을 것이다. 자신이 어지럽힌 욕실을 캔의 할아버지가 청소하게 될 거라는 것을 말이다.

캔은 서둘러 엔텔롭을 향해 차를 몰았다. 조수석에 앉은 드라이비는 창으로 들어오는 뜨거운 바람을 향해 머리를 흔들었다. 사실 그것이 머리를 말릴 수 있는 손쉬운 방법이긴 했다. 길게 뻗은 도로 주변으로 분홍, 노란, 초록의 땅들이 빠르게 지나갔다. 다람쥐는 먹이를 찾는 중인지 바위틈에 숨어 사방을 두리번거렸다. 하늘을 맴돌던 독수리는 지평선을 향해 날아갔다.

장거리 여행을 다녀온 뒤부터 일상이 좋아지기 시
작했다. 여기저기 떠돌다 집으로 돌아오는 순간 집으
로 가는구나 싶어 가슴이 울렁였다. 순간 놀랐다. 역
마살이 있냐는 소리를 들을 만큼 돌아다니기를 좋아
하는 내가 집으로 돌아가는 순간 코끝이 찡해지다니
싶어서였다.

집으로 돌아오는 길 위에서 집으로 돌아가면 하고
싶은 일들을 떠올렸다.
내 베개를 베고 실컷 자야지. 익숙한 풍경을 바라
보며 차를 마시고 돼지고기 썰어 넣은 김치찌개로 밥
을 먹을 거야. 미처 빨지 못한 빨래를 끝낸 뒤 동네
산책을 하며, 이웃과 인사를 나눠야겠다. 그리고 한
껏 게으름을 피우며 편안함을 누려야지.

여행은 돌아오기 위해 떠나는 것이라고들 한다. 그
런 것 같았다. 그리고 그렇게 돌아와 보니 집으로 돌

아온 나는 떠나기 전의 내가 아니라는 생각이 들었다. 소소한 일상에 대한 소중함은 물론 새삼스럽게 곁을 나누며 살아가는 이웃이 있음을 깨달았기 때문이다.

내가 집을 비운 사이 나의 이웃들은 내 집을 살펴준다. 택배나 우편물을 챙겨 주기도 하고 내가 미처 버리지 못한 쓰레기를 버려주기도 한다. 비가 많이 내리는 날이면 내 집을 살펴주고 바람이 많은 날이면 내 집을 들여다본다. 주인의 손길이 닿지 않아 저녁까지 걸려 있는 빨래 대의 빨래를 걷어주는가 하면 언제 집으로 돌아오냐는 안부를 물어온다.

언제 돌아오는지, 오랜 시간 돌아오지 않는데, 특별히 문제가 있는 것은 아닌지···. 이웃이 이렇게 물어올 때마다 내 일정을 이웃에게 미리 알리지 못한 미안함과 나를 챙기는 그들의 마음이 감사했다.

이제는 길을 나서기 전 이웃에게 나의 일정을 알린다. 며칠쯤 돌아오게 될지, 돌아오는 시간은 낮일지 밤일지. 그리고 구례나 부산에서 이런저런 일들을 끝내고 돌아오게 될 거라는 걸 시시콜콜 알린 뒤 길을 나선다. 그러면 이웃들은 잘 다녀오라며 손을 흔든다. 그동안 우리가 너의 집을 잘 살펴겠노라는 마음을 담아.

부산과 구례의 이웃을 통해 알게 된 것은 서로의 곁으로 한 발짝씩 다가가야 한다는 거였다. 그들이 내게 오기만을 기다린다거나 내가 그들 곁으로 가야 한다는 의무감만 있다면 이웃이 생기지 않을 테니 말이다. 다독임을 주고받기 위해 한 발짝씩 다가오고 다가가야 한다는 단순한 사실을 깨달을 수 있어 얼마나 다행인지…. 앞으로도 나의 이웃들과 평범한 일상을 나누며 살아가고 싶다. 서로를 살피고 나누는 마음이 영원할 수 있기를 간절히 바란다.

일상을 함께하는 이웃에게 감사의 마음을 전하고 싶다. 무엇보다 나의 이웃들처럼 이번 책을 살뜰히 살펴주신 산지니 출판사에 감사드린다. 덧붙여 힘든 시간을 견뎌 낸 아들 사랑한다. 그리고 아들에게도 좋은 이웃이 함께하기를 기도할게.

그들 곁으로

초판 1쇄 발행 2025년 11월 30일

지은이 임회숙
펴낸이 강수걸
편집 이선화 강나래 이혜정 오해은 이소영 유정의 한수예
디자인 권문경 조은비
펴낸곳 산지니
등록 2005년 2월 7일 제333-3370000251002005000001호
주소 부산시 해운대구 수영강변대로 140 BCC 626호
전화 051-504-7070 | 팩스 051-507-7543
홈페이지 www.sanzinibook.com
전자우편 sanzini@sanzinibook.com
블로그 sanzinibook.tistory.com

ISBN 979-11-6861-554-0 03810

* 책값은 뒤표지에 있습니다.
* 잘못된 책은 구입하신 곳에서 교환해드립니다.
* 본 사업은 2025년 부산광역시, 부산문화재단 〈부산문화예술지원사업〉으로
지원을 받았습니다.

부산광역시 BUSAN METROPOLITAN CITY   부산문화재단 BUSAN CULTURAL FOUNDATION